CRIMEN SIN ROSTRO
SINDICATO DE MIAMI

POR

TOMMY HERRERA

DEDICATION

Dedico este libro a mis dos hijos Mason y Alex. Como recordatorio de que nada es imposible cuando te concentras, haces pequeños sacrificios y mantienes siempre el rumbo.

SOBRE EL AUTHOR

Remando por las calles de Chicago hasta las costas de Miami, mi viaje es un testimonio de la resiliencia y el poder transformador de la paternidad. A pesar de los desafíos de dejar la educación formal temprano, descubrí lecciones profundas sobre las alegrías y responsabilidades de criar a dos hijos extraordinarios. Mi narración no es solo una crónica personal, sino un tributo al legado de sabiduría paterna transmitido por mi difunta madre. Su voz guía sigue siendo un faro, iluminando mi camino y dando forma a los valores que inculcaré a mis hijos. Mi historia es una ilustración vívida de que la educación más rica de la vida a menudo proviene de las experiencias y las relaciones, no solo de las aulas.

CONTENIDO

Capítulo 1

EL ASCENSO DE GABRIEL CORTÉS

Las luces de la ciudad de Chicago parpadeaban en la distancia mientras la familia Cortez se abría paso por las bulliciosas calles. Comenzaban un nuevo capítulo en sus vidas, dejando atrás las comodidades familiares de la isla comunista de Cuba por los desafíos desconocidos de la ciudad, conocida por sus políticos corruptos y gángsteres. La mente de Joaquín corría con una mezcla de emoción e inquietud.

Justina, una latina de 28 años, de cabello oscuro y complexión baja, agarró con fuerza la mano de Joaquín, su esposo de 30 años, con bigote espeso y barba poblada. Su pulso se aceleró con una mezcla de excitación e inquietud. Sus dos hijos, Gabriel, de seis años, y Elena, de cuatro, miraban por la ventana, con los ojos muy abiertos a los imponentes rascacielos y a los letreros de neón que parecían extenderse para siempre.

—¿Estás seguro de esto, Joaquín? —preguntó Justina, buscando en el rostro de su marido cualquier atisbo de duda.

Joaquín Cortés había escuchado las historias, las leyendas de hombres que habían ascendido desde sus humildes comienzos hasta convertirse en actores poderosos en los bajos fondos de la ciudad. Era un mundo que le fascinaba, un mundo donde las reglas eran diferentes, donde la fuerza y la astucia eran las claves del éxito. Siempre había sido un superviviente. Sabía cómo apresurarse, cómo cuidarse a sí mismo. Pero las historias del hampa de Chicago, la forma en que imponían respeto y ejercían influencia, revolvieron algo profundo en su interior.

Al establecerse en un vecindario predominantemente blanco en el área de los suburbios de Chicago en la década de 1970, la familia Cortez descubrió rápidamente que la aceptación no se extendía fácilmente a los hispanos como ellos. La discriminación y la hostilidad atormentaban su vida cotidiana, ensombreciendo sus aspiraciones de un nuevo comienzo. Para Gabriel, la dura realidad de su nuevo entorno fomentó una sensación de desafío, una determinación de labrarse un lugar en este mundo poco acogedor.

Pero Joaquín Cortés, el padre de Gabriel, sabía que el camino que estaba considerando era peligroso, lleno de riesgos y tentaciones. Había visto lo que el atractivo de las calles podía hacer a una persona, cómo podía consumirla, destruirla. Aun así, el atractivo era innegable, la promesa de riqueza, poder y respeto era demasiado tentadora como para ignorarla.

A medida que Gabriel se familiarizaba más con su vecindario, fue testigo de la cruda violencia que hervía a fuego lento bajo la superficie. Las peleas de pandillas estallaron con una frecuencia alarmante, algunas de las cuales se desarrollaron a pocos pasos de su edificio de apartamentos. El atractivo de las pandillas latinas se hizo más fuerte, atrayéndolo a su medio como un medio de protección en este ambiente hostil a una edad temprana.

Esos años de formación lo moldearon de maneras que todavía está tratando de entender. La violencia que presenció y las decisiones que tomó le han dejado cicatrices, tanto físicas como emocionales. Pero incluso ahora, no puede evitar sentir un sentido de lealtad hacia la pandilla que una vez le ofreció protección y un sentido de propósito, por muy retorcido que pueda haber sido.

La violencia era un telón de fondo constante en su vida cotidiana como adolescente que crecía en el lado norte de Chicago, en el vecindario de los suburbios. El sonido de los disparos resonaba en las calles, haciendo que todos corrieran a refugiarse. Gabriel sabía que necesitaba encontrar una manera de sobrevivir en este mundo.

Gabriel se enredó en la peligrosa red de la vida de las pandillas. Los delitos menores se convirtieron en la norma, lo que llevó a su eventual arresto por alteración del orden público, posesión de drogas y otras actividades delictivas. El irresistible atractivo de encajar y encontrar un sentido de pertenencia puso a Gabriel en un camino peligroso. Abrazar sustancias como la marihuana, la cocaína y la droga predominante de la época, se convirtió en su iniciación en la cultura callejera.

A los 17 años, Gabriel se vio atrapado en una peligrosa espiral. Con cada día que pasaba, se enredaba cada vez más en las crudas realidades de la vida de las pandillas. Los delitos menores y la actividad de las pandillas pronto se convirtieron en la norma para él.

Un día, los turbios socios de su padre se dieron cuenta de la astucia callejera de Gabriel. Se acercaron a él, sintiendo una oportunidad. Un traficante de bajo nivel se acercó sigilosamente a Gabriel, ofreciéndole la oportunidad de ganar dinero fácil. "Quédate callado sobre lo que te estoy ofreciendo", susurró el hombre.

Persuadido por la perspectiva de dinero, Gabriel aceptó. Pronto, estaba vendiendo drogas a los pandilleros más viejos del vecindario.

A medida que su negocio crecía, todavía era menor de edad, incapaz de entrar en los clubes locales, se sentaba afuera en el estacionamiento, vendiendo sus drogas a las multitudes que venían de las fiestas.

El dinero era bueno y le daba a Gabriel una sensación de poder y control que nunca había conocido. Pero a medida que se hundía más en el inframundo criminal, no podía quitarse de encima la sensación de que estaba perdiendo una parte de sí mismo. La emoción del dinero fácil estaba siendo reemplazada gradualmente por una ansiedad progresiva.

Las repercusiones de las decisiones de Gabriel fueron profundas, ya que sucumbió lentamente a la seducción del poder y a la tentación de las ganancias rápidas e ilícitas, lo que solo sirvió para oscurecer los límites entre su identidad y el encanto cautivador de ese estilo de vida tumultuoso.

A medida que su participación se profundizaba, el hambre de control y riqueza de Gabriel se intensificaba. Descubrió una habilidad especial para ganar dinero y aprovechar las oportunidades que le ofrecían las calles. El tráfico de drogas se convirtió en su nuevo lienzo, donde podía pintar un retrato de peligro y ganancia. Con cada transacción, Gabriel sentía una oleada de adrenalina, la emoción embriagadora de vivir la vida al límite. Se había convertido en un participante voluntario en los oscuros bajos fondos del submundo criminal de Chicago.

Gabriel y su familia comenzaron a observar el creciente

escrutinio e investigación de sus actividades dentro del vecindario. La policía lo hostigó persistentemente, deteniéndolo de manera rutinaria y realizando registros exhaustivos de su vehículo, buscando armas y drogas. Con la presión constante, se hizo evidente que el inevitable encarcelamiento de Gabriel se asomaba en el horizonte, llegando antes de lo previsto.

Sin que Gabriel lo supiera, su padre Joaquín y su tío estaban involucrados en una operación de tráfico de drogas en Chicago. Formaban parte de una red de crimen organizado que introducía grandes cantidades de narcóticos en la ciudad.

Gabriel estaba involucrado en el estilo de vida callejero y en actividades criminales y había sido arrestado un par de veces por la venta de narcóticos. Empezaba a atraer una atención no deseada hacia toda la operación. Las autoridades se estaban acercando peligrosamente a descubrir el alcance total de la empresa ilícita de la familia.

Al darse cuenta del creciente riesgo, Joaquín Cortez decidió desarraigar a la familia y trasladarlos a todos a Miami. Esperaba que al expulsarlos de Chicago, pudieran evitar cualquier investigación policial adicional o medidas enérgicas que pudieran exponer los profundos lazos de su familia con el tráfico de drogas.

Gabriel Cortez se mantuvo en la oscuridad sobre las verdaderas razones detrás de la repentina mudanza. Por lo que él sabía, era solo otra de las decisiones impulsivas de su padre, sin darse cuenta de la gravedad de la situación de la que estaban huyendo.

Poco sospechaba Gabriel que sus acciones en las calles estaban poniendo en peligro inadvertidamente a Joaquín Cortés y al imperio criminal de su tío.

La reubicación de la familia a Miami fue un intento desesperado de escapar de las consecuencias de sus turbios negocios en Chicago.

A medida que se instalaban en su nuevo hogar, una inquietud flotaba en el aire, con Joaquín Cortez y su hermano constantemente nerviosos, dejando que Gabriel Cortez entrara lentamente en el círculo interno de la organización.

El sol abrasador de Miami golpeaba la ciudad, sus rayos abrasaban el concreto e iluminaban los colores vibrantes del paisaje en expansión. Gabriel Cortez estaba en el centro de todo, con los ojos ocultos detrás de un par de gafas de sol de diseñador mientras observaba las bulliciosas calles llenas de vida. Podía sentir la energía pulsando en el aire, una fuerza magnética que lo atraía, prometiendo posibilidades incalculables.

Ahora, con 20 años, Gabriel ya había aprendido las duras lecciones de la vida en la calle. Joaquín Cortez y sus socios habían estado preparando a Gabriel durante años, mostrándole los entresijos de cómo sobrevivir y prosperar en su mundo de negocios turbios y alianzas oscuras.

"Mantente fuera de la vista, nunca presumas", le decía el padre de Gabriel. "Deja que otros se lleven la fama y la gloria, mientras tú manejas los hilos detrás de escena. Así es como capeas cualquier tormenta".

Gabriel tomó muy en serio el consejo de su padre. Desde muy joven aprendió el arte de la manipulación, estudiando las motivaciones y debilidades de quienes le rodeaban. Mientras que otros buscaban ser el centro de atención, Gabriel prefería operar a puerta cerrada, ejerciendo su influencia a través de sugerencias cuidadosamente colocadas y movimientos calculados.

A medida que Gabriel crecía, se convirtió en un maestro en el juego. Sabía cómo enfrentar a las personas entre sí, sembrar semillas de desconfianza y mantener siempre oculta su participación. Su padre quedó impresionado, al ver el pragmatismo despiadado de su hijo, que les había servido a todos tan bien.

"Eres natural, muchacho", decía Joaquín con una sonrisa orgullosa. "Con la cabeza sobre los hombros y la boca cerrada, sobrevivirás a todos nosotros. Nadie te verá venir".

Y así era exactamente como le gustaba a Gabriel. Detrás de escena, moviendo los hilos, ahí fue donde prosperó. La fama y la gloria no significaban nada para él. La supervivencia era lo único que importaba.

Sorprendentemente, pasó el tiempo y no había nadie por encima de la ley. Joaquín Cortez y sus socios estaban bajo investigación secreta por narcotráfico. El martillo cayó, y Joaquín Cortez y los demás fueron acusados y sentenciados a 30 años en una prisión federal. Así, el mundo de Gabriel se derrumbó a su alrededor. Ahora era un soldado solitario, obligado a valerse por sí mismo en un mundo implacable.

Mientras observaba la fachada glamorosa y la incesante búsqueda del placer que definía a Miami, Gabriel no pudo evitar quedar cautivado por la yuxtaposición de luz y oscuridad. Más allá de los relucientes rascacielos y las extravagantes propiedades frente al mar de Miami Beach, sabía que los rincones oscuros guardaban secretos y peligros que pocos se atreverían a explorar. Era en esos rincones escondidos donde había prosperado, abrazando el caos y la imprevisibilidad de las calles.

Una sonrisa maliciosa se dibujó en los labios de Gabriel mientras contemplaba el cambio de su antiguo campo de batalla de Chicago al encanto de Miami. Su mente corría con pensamientos de oportunidad y ambición, sabiendo que podría forjar un nuevo imperio en esta ciudad. Pero comprendió que no sería una tarea fácil. Miami era una bestia completamente diferente, donde el poder y el control eran codiciados por muchos, pero alcanzados solo por unos pocos elegidos.

Miami fue una invitación abierta a reescribir su

legado, una oportunidad para superar sus logros anteriores y establecerse como una fuerza a tener en cuenta. Sus pensamientos eran un torrente de ambición calculada, formando una estrategia para navegar por las intrincadas dinámicas de poder dentro de su familia y la ciudad misma.

—Miami —susurró para sí mismo, su voz era un murmullo bajo en medio de la cacofonía de la ciudad—. Un patio de recreo donde se hacen y se rompen fortunas, donde la línea entre amigo y enemigo se difumina en el olvido. Es hora de dejar mi huella en este lienzo de contradicciones.

Los ojos de Gabriel parpadearon con determinación mientras abrazaba el calor y el caos que le esperaban. Sabía que Miami lo pondría a prueba, lo desafiaría y tal vez incluso lo rompería. Pero en el fondo, disfrutaba de la oportunidad, ya que era dentro del crisol de esta vibrante ciudad donde se forjaría su verdadero poder.

Mientras que la mayoría de sus antiguos camaradas se encontraron tras las rejas por delitos relacionados con las drogas, Gabriel siguió siendo un lobo solitario, navegando por el traicionero inframundo con hambre de más.

A raíz del encarcelamiento de su familia y sus socios, Gabriel quedó atrapado en una opresiva sensación de estancamiento. Las paredes de su modesto apartamento se sentían como una prisión, y cada día que pasaba alimentaba su anhelo de nuevas oportunidades, otra oportunidad de acumular riqueza e influencia. Anhelaba escapar de las asfixiantes garras de su pasado y forjar un futuro mejor. Durante este momento crucial, cuando el ardiente sol de Miami bañaba su habitación con una neblina dorada, un contacto inesperado se acercó a él.

Michael Cruz proyectó una figura imponente mientras acechaba las calles de los bajos fondos criminales de Miami. Alto y musculoso, el latino de 28 años era una fuerza a tener en cuenta. Su cabello ralo se compensaba con una barba espesa y desaliñada que solo se sumaba a su apariencia brusca e intimidante.

A pesar de su juventud, Michael ya se había labrado una reputación como uno de los jugadores más despiadados de Miami. Siempre vestido de manera informal con jeans sencillos y polos, imponía respeto e infundía miedo dondequiera que iba. Aquellos que se cruzaron con él aprendieron rápidamente por las malas que no era un hombre con el que se pudiera jugar.

Gabriel, un hombre de unos 30 años y de complexión media, se acercó a este enigmático personaje con cautela. Su mente se aceleró, sopesando los riesgos y las recompensas de relacionarse con alguien de una reputación tan notoria. A pesar de sus reservas, Gabriel no pudo evitar sentirse intrigado por la propuesta de Michael que se le presentaba: una nueva vía para explorar que parecía trascender todas sus aventuras anteriores en el mundo del crimen.

Se conocieron en un restaurante en la acera de South

Beach, tintineando las copas y conversando en voz baja, creando un manto de anonimato a su alrededor. La figura se inclinó, apenas audible por encima del ruido de fondo, y habló en voz baja sobre el atractivo mundo de la delincuencia de cuello blanco. Pintó un cuadro vívido del dinero que fluye como un río. Los riesgos parecían mínimos en comparación con la amenaza constante de las fuerzas del orden y el peligroso submundo de las drogas.

—El juego de las drogas está saturado, amigo mío —susurró la sombría figura, con los ojos brillando con picardía y cálculo—. Pero hay otra forma que explota un sistema roto. Gabriel, el fraude en la atención médica es donde se hacen las verdaderas fortunas. El sistema sanitario es un desastre, un laberinto de lagunas a la espera de ser explotadas. ¿Es una configuración perfecta? Seguimos sin rostro. Tengo personas dispuestas a abrir consultorios médicos, y una vez que terminemos nuestra estafa, regresarán a Cuba. Nos quedamos aquí, intactos. Nadie sabe quiénes somos. Es una configuración perfecta.

Gabriel frunció el ceño mientras consideraba la proposición. El atractivo de esta nueva empresa, en la que podía navegar por las complejidades de la burocracia en lugar de por las traicioneras calles, lo atrajo. Prometía un tipo diferente de poder que operaba en los reinos ocultos de la legalidad.

—¿Así que puedes hacerlo tú mismo? —preguntó

Gabriel, con la voz entrecortada por el escepticismo.

—Michael asintió. —Sí, Gabriel, pero necesito que financies el proyecto. Me falta dinero.

Un pesado silencio flotaba en el aire mientras Gabriel sopesaba los riesgos. Dejar atrás el mundo de los negocios de drogas por algo más sofisticado tenía un atractivo innegable, pero sabía que no debía confiar ciegamente.

—¿Cuál es el truco? —insistió, entrecerrando los ojos—.

La mirada de Michael no vaciló. "No hay trampa. Solo una oportunidad de negocio que requiere un poco... navegación creativa".

Los instintos de Gabriel gritaban cautela. Había estado en el juego el tiempo suficiente para saber que las promesas a menudo ocultaban motivos más oscuros. El camino propuesto por Michael podría conducir a la riqueza y la influencia, pero ¿a qué costo?

Se reclinó en la silla, con los engranajes de su mente girando, sopesando los riesgos frente a las posibles recompensas. Sus ojos recorrieron el restaurante de la acera mientras abrazaba la escena de autos exóticos y hermosas mujeres en Ocean Drive. La figura que tenía delante, aparentemente imperturbable por el peso de la conversación, dejó que el silencio quedara en el aire. Después de lo que pareció una eternidad, Gabriel se inclinó hacia delante, su voz apenas superaba un susurro. "Hagámoslo realidad. Yo financiaré la operación. Este es el nacimiento de la PMC (Tripulación de Manipulación de Productos)".

Los ojos de Gabriel ardían con intensidad mientras exponía las reglas básicas. "Empecemos a dejar las cosas claras desde el principio para evitar problemas más adelante". Hizo una pausa, su mirada penetrante. "Como dije, financiaré el proyecto. Pero quiero quedarme detrás de escena. Hablas con quien sea necesario y haces que las cosas sucedan. Te cubriré las espaldas pase lo que pase".

—No quiero conocer a nadie, especialmente hablar con nadie si no tengo que hacerlo. Y cuando me llames, nunca uses un nombre real, siempre un alias.

››Permíteme darte esta dirección para que cuando empecemos a ganar dinero, puedas alquilar un apartamento en Brickell Drive en Miami.

—No lo entiendo, Gabriel. ¿Por qué necesito un apartamento solo para reunirme? —preguntó Michael mientras estudiaba la dirección garabateada en el bloc de notas.

—Gabriel se reclinó en su silla con una sonrisa en su rostro—. Tengo un lugar allí. Brickell Drive, justo en el corazón de Miami. Rascacielos, tiendas de lujo y una vida nocturna que nunca duerme. Es la portada perfecta.

—Pero el gasto...

—Es necesario —lo interrumpió Gabriel—, no podemos arriesgarnos a encontrarnos más a la intemperie. Demasiados ojos, demasiados oídos. De esta manera, una vez que estamos dentro de esos muros, nadie sabe lo que sucede.

Michael consideró las palabras de Gabriel. No podía negar la lógica, por mucho que le disgustara la idea de un gasto innecesario.

—Está bien, está bien. Yo haré los arreglos —aceptó Michael—. Pero será mejor que tengas una buena razón para toda esta capa y antifaz.

—Michael, ¿crees en tu proyecto, que ganaremos mucho dinero? Entonces confía en mí, amigo mío. Lo verás muy pronto. Lo llamaremos... el lugar.

Una sonrisa cómplice se deslizó por el rostro de la figura sombría, sus ojos brillaban de satisfacción. Las ruedas se pusieron en movimiento, y con emoción y aprensión, Gabriel estaba a punto de embarcarse en un nuevo viaje que prometía riquezas incalculables a través de la manipulación de un sistema de salud roto.

A medida que Gabriel profundizaba en el fraude en la atención médica, descubrió la intrincada mecánica detrás de este crimen perfecto. Un elemento clave que distinguió a esta operación fue la participación de personas de Cuba que fueron reclutadas en el área de Miami. Estos individuos querían regresar a su país y tener dinero para sobrevivir al gobierno hostil.

Una vez que los individuos eran reclutados, abrían compañías de suministros médicos a su nombre. Gabriel y Michael abrirían un servicio de telemarketing separado para llamar a los ancianos y ofrecerles equipos médicos de bajo costo. En ese momento, los ancianos les darían los números de beneficiarios para facturar a las agencias gubernamentales y a las compañías de seguros por el equipo y los servicios. Michael, con sus conexiones en el campo de la medicina, daba sobornos a los médicos dispuestos a recetar a estos pacientes equipos o servicios. Otras formas en que el sindicato conseguía a sus pacientes era a través de trabajadores sociales y centros para ancianos.

Mientras tanto, en la sede del centro de Miami, el capitán del grupo de trabajo del sur de la Florida convocó a una reunión para abordar la alarmante ola de actividades fraudulentas que azotan la ciudad.

—Señores, nos enfrentamos a una maniobra estratégica de estos criminales que está desconcertando incluso a nuestros investigadores más experimentados, —comenzó el capitán—. El nivel de sofisticación y coordinación en estos esquemas de fraude no tiene precedentes. Necesitamos nuestras mejores mentes en esto, por eso estoy creando un equipo especializado para abordar estos casos de frente.

Al presentar la recién formada TUFF (Unidad Táctica

para el Fraude), el Capitán emparejó a dos detectives experimentados, Julián Pratt y Jackie Ortiz, para liderar la carga.

Julián de 38 años, medía 5' 11", era un hombre blanco de complexión promedio, era un detective experimentado oriundo de Carolina del Sur. Un veterano de la Marina recientemente retirado, su amplia experiencia lo convirtió en un activo invaluable.

Junto a él estaba Jackie Ortiz, latina de 36 años, en forma y con cabello negro. Nacida y criada en el sur de Florida, tenía un conocimiento íntimo de los bajos fondos de la ciudad y de los tipos de esquemas que florecieron en la región.

A medida que se desarrollaba la investigación, una sensación de frustración se apoderó de los detectives. Se encontraron atrapados en una red de engaños, luchando por detener a los responsables del fraude. Aunque no fueron del todo en vano, sus esfuerzos captaron principalmente a médicos, enfermeras y otros profesionales involucrados en el esquema.

El rastro de pruebas los llevó a través de un laberinto de empresas ficticias, cuentas en el extranjero y coartadas cuidadosamente elaboradas. Cada vez que pensaban que tenían un gran avance, los perpetradores parecían estar un paso por delante, cubriendo sus huellas con una eficiencia despiadada.

Los interrogatorios revelaron una compleja red de corrupción, con individuos de diversos ámbitos de la vida confabulados para estafar al sistema. Los médicos habían falsificado diagnósticos, las enfermeras habían falsificado recetas y los administradores habían malversado fondos, todo en busca de ganancias personales.

A medida que la investigación se prolongaba, los detectives se sentían cada vez más frustrados por los obstáculos burocráticos y las lagunas legales que obstaculizaban su progreso. Sabían que los verdaderos arquitectos del fraude probablemente llevaban un estilo de vida lujoso, sin verse afectados por las consecuencias de sus acciones.

A medida que Gabriel continuaba construyendo su imperio dentro del esquema de fraude de atención médica, se dio cuenta cada vez más de la persecución de los detectives de este tipo de delitos. Se deleitaba con el juego del gato y el ratón. Su ego crecía con cada operación exitosa. Sin embargo, sabía que el día del juicio final llegaría. El conocimiento de que él y sus secuaces estaban más allá del alcance de la ley dentro de los Estados Unidos le dio una sensación de invencibilidad, pero también alimentó su insaciable deseo de mayor poder y seguridad.

Al mismo tiempo, se reunió un grupo de trabajo especializado, cuya única misión era desenterrar la verdad detrás de la intrincada red de engaños tejida por el sindicato criminal. El grupo de trabajo estaba compuesto por detectives experimentados, cada uno decidido a derribar a los criminales detrás del esquema de fraude de atención médica que plagaba la ciudad.

A medida que se desarrollaba la investigación, Julián Pratt y Jackie Ortiz comenzaron a descubrir el verdadero alcance del ingenio del sindicato. Se maravillaron de la meticulosa planificación y la impecable ejecución de operaciones fraudulentas que habían permanecido ocultas en la oscuridad durante demasiado tiempo. Los delincuentes habían hecho fortunas impulsadas por la codicia, explotando las vulnerabilidades del sistema sanitario para llenarse los bolsillos con ganancias malhabidas.

Pero los detectives no se dejaron disuadir fácilmente. Juntaron meticulosamente las pruebas, conectando los puntos que revelaron el modus operandi del sindicato. A medida que profundizaban, descubrían una red de médicos, consultorios médicos y profesionales cómplices del esquema, cada arresto los acercaba al núcleo de la organización criminal y a la profundidad de la corrupción en esta ciudad.

Sabían que para acabar con estos astutos criminales, tenían que adaptar sus estrategias de investigación, pensar fuera de la caja y encontrar vías alternativas para perforar su fortaleza de engaño.

Ya no se trataba de una mera persecución. Se había

transformado en una elegante batalla de ajedrez, donde la más grandiosa de las maniobras determinaría el vencedor. El equipo se acurrucó, analizando todos los ángulos y todos los movimientos posibles que los criminales pudieran hacer. Se dieron cuenta de que los métodos convencionales no serían suficientes: necesitaban ser tan astutos e impredecibles como sus objetivos.

Al buscar entre montañas de datos, comenzaron a descubrir patrones, pequeñas grietas en la intrincada red de los criminales. Lenta y metódicamente, sentaron las bases, preparando el escenario para una trampa magistral. Tenían grandes esperanzas, lo que estaba en juego era más importante que nunca.

Capítulo 2

EL SINDICATO DE GABRIEL

Gabriel y Michael se sentaron en un club de striptease, su lugar habitual. Gabriel, siempre cauteloso, se colocó frente a la puerta con la espalda apoyada en la pared, constantemente alerta y escudriñando su entorno.

Este era su lugar habitual en el corazón de Miami, que palpitaba con vibrante energía y actividad.

El aire estaba cargado con el aroma del fuerte humo de un cigarro y el seductor aroma del perfume de mujer, pero bajo la superficie había una corriente subterránea de algo más siniestro. Gabriel y Michael no estaban aquí para entretener, tenían intenciones más oscuras en mente.

Estaban allí para una reunión. Gabriel se sentía cómodo hablando en una habitación ruidosa, lo que dificultaba que alguien escuchara o grabara la conversación.

Michael habló apenas por encima de un susurro, sus palabras cargadas de anticipación. "Gabriel, es la clave para abrir un nuevo mundo de posibilidades. Podemos traer personas de Cuba a los Estados Unidos y devolverlas sin problemas sin tener que enfrentar repercusiones legales".

—Esto nos dará ventaja sobre nuestros competidores y nos pondrá en una posición mucho mejor. No tenemos que reclutar a personas en Miami para abrir los consultorios médicos, esto agregará una capa adicional de protección, lo que nos alejará más de cualquier tipo de investigación.

—Gabriel asintió, con la mirada fija en Michael. —¿Y cómo hacemos que esto suceda?

—Los ojos de Michael brillaban con un brillo malvado—. Nos van a presentar a un funcionario del gobierno de la isla. Él tiene el poder de facilitar nuestro plan. Nos reuniremos con él en Cuba y discutiremos los detalles.

"Me contactó Juan Aguilar. Este individuo fue uno de nuestros primeros propietarios iniciales de oficinas a quienes enviamos de regreso a la isla caribeña de Cuba. Mientras estuvo en Cuba, estableció conexiones con miembros de su familia en el ejército, que estaban dispuestos a colaborar en actividades criminales. Su participación incluyó facilitar la salida de personas de la isla a cambio de una tarifa y permitir su regreso una vez concluidas sus actividades ilícitas. Juan Aguilar se acercó a mí para concertar una reunión con un funcionario del gobierno cubano, preparando el escenario para sus nefastos esfuerzos".

Al hablar con Juan Aguilar, Michael descubrió que era la misma persona impulsada por la ambición, sin miedo y siempre dispuesta a correr riesgos. El dueño de la oficina, Juan Aguilar, tenía experiencia de primera mano con las prácticas corruptas del sistema de salud y estaba más que dispuesto a ayudar a explotar sus vulnerabilidades.

Juan Aguilar todavía albergaba un fuerte deseo de riqueza y poder, habiendo visto cómo el sistema enriquecía a unos pocos a expensas de la mayoría. Sabía que los riesgos eran altos, pero las recompensas potenciales eran aún mayores.

Meses de cuidadosas negociaciones y arreglos culminaron en la reunión a la que Gabriel y Michael estaban a punto de asistir. El dueño de la oficina, que alguna vez fue una figura vital en su imperio criminal, había allanado el camino para esta introducción. A través de sus conexiones e influencia, les había asegurado una audiencia con el escurridizo funcionario del gobierno, una oportunidad que podría impulsar sus operaciones ilegales a alturas sin precedentes.

El día estuvo cargado de expectación cuando Gabriel y Michael se encontraron en el lujoso entorno de un resort en Varadero, Cuba. El sol proyectaba un resplandor dorado sobre las playas vírgenes, pero sus mentes estaban preocupadas por la reunión que les esperaba.

Mientras se acomodaban en un rincón del opulento restaurante del complejo, su atención fue captada por una figura que entraba en la habitación. Alto e imponente, exudaba un aire de autoridad que imponía respeto. Su espeso bigote acentuaba su expresión severa y su voz profunda reverberaba.

Lo acompañaban dos guardaespaldas corpulentos, con los ojos constantemente escudriñando los alrededores, siempre atentos. Su presencia enviaba un mensaje claro: no se podía jugar con este hombre.

El restaurante, bullicioso de turistas y veraneantes, de repente se quedó en silencio cuando el funcionario y su séquito se acercaron a la mesa de Gabriel y Michael. Las cabezas giraron, los susurros se extendieron y se intercambiaron miradas curiosas. El aura de poder que emanaba del funcionario creaba una atmósfera de curiosidad e inquietud.

Sin decir una palabra, el funcionario hizo una seña a sus guardaespaldas. Rápida y eficientemente, escoltaron discretamente a los visitantes a una sala trasera aislada del exclusivo complejo. El espacio, poco iluminado, estaba lejos de miradas y oídos indiscretos, lo que garantizaba que ninguna interrupción no deseada interfiriera con la reunión clandestina que estaba a punto de tener lugar.

Gabriel y Michael se sentaron frente al funcionario, con un aire de anticipación e inquietud que se apoderaba de la sala. El funcionario no perdió tiempo en ponerse manos a la obra, con voz baja y mesurada mientras describía la delicada naturaleza de las negociaciones en curso.

Gabriel y Michael intercambiaron miradas. Su expectación aumentó. No fue una reunión cualquiera. La meticulosa atención al detalle del funcionario y el poder que comandaba solo sirvieron para subrayar la gravedad de su empresa.

—Este plan es muy sencillo —dijo, con voz baja y grave, provocando escalofríos—. Me encargaré de que nuestros ciudadanos huyan a los Estados Unidos, completen su misión y luego regresen a la isla, viviendo sus vidas sin ser tocados por miradas indiscretas.

La curiosidad de Gabriel se despertó y no pudo evitar preguntar: "¿Pero cómo dejarán la isla sin ser detectados?"

El funcionario del gobierno sonrió, revelando una inteligencia astuta. "Nos encontraremos frente a las costas de Cuba. Mis oficiales estarán esperando en un bote en el punto designado. Y volverán de la misma manera. Garantiza que evite la inmigración y no tenga registros de haber salido de los EE. UU. Recuerde, el dinero es voluminoso y es difícil viajar con él en un avión. El riesgo de perder los fondos es demasiado alto. No hay manifiestos de vuelo, no hay escrutinio. Es infalible".

La mente de Gabriel zumbaba con las implicaciones de esta operación.

—¿Y cuántas personas podemos transportar?

—Tantos como sea necesario, —respondió el funcionario, con los ojos brillando con codicia—. Nuestro objetivo es ganar la mayor cantidad de dinero posible rápidamente. Con su ayuda, podemos lograrlo.

Gabriel no podía creer su suerte. Había tropezado con una oportunidad más allá de sus sueños más salvajes. Una sonrisa se dibujó en sus labios mientras respondía: "Tenemos un trato".

En su vuelo de regreso a Miami, Gabriel y Michael se acurrucaron juntos, sus mentes consumidas por el plan que habían ideado. Creían que habían encontrado la manera perfecta de explotar el sistema de salud y seguros sin levantar sospechas. La clave era adquirir las tarjetas médicas o los números de seguro de los pacientes ancianos y facturar los servicios falsos sin dejar de ser rastreables. Revelaron que no necesitaban profesionales médicos ni pacientes para ejecutar su plan. Esto es 100 % de ganancia. Nadie ha hecho esto antes. Estamos haciendo lo nuestro y eliminando a todos los intermedios.

La voz de Gabriel era baja y calculada mientras esbozaba

sus ideas. "Necesitamos un equipo de personas talentosas, pero no cualquiera. Necesitamos personas que nos sean leales a nosotros y a nuestra causa. Ellos serán nuestro filtro, protegiéndonos de los brazos de la ley". Pasaron unas semanas y su nuevo plan se puso en marcha. La gente comenzó a llegar de la isla, ansiosa por participar en el plan del sindicato de Miami.

Gabriel y Michael seleccionaron cuidadosamente a personas con las habilidades y la lealtad necesarias. Fueron meticulosos en su proceso de reclutamiento, asegurándose de que podían confiar en aquellos que se convertirían en una parte integral de PMC.

Tenían conexiones dentro de la industria médica, personas que estaban listas para un cambio. Estas conexiones les proporcionaban información sobre los pacientes, pero no era suficiente, necesitaban más. Gabriel, el cerebro detrás del plan, decidió abrir dos o tres oficinas de suministros médicos cada dos meses, cada una de las cuales servía como fachada para sus actividades ilícitas. Estas oficinas se hacían pasar por negocios legítimos, pero a puerta cerrada, facturaban al sistema de salud por millones de dólares en servicios y equipos que nunca proporcionaron.

Gabriel se deleitaba con el poder que ejercía, la riqueza que llegaba a sus arcas a un ritmo inimaginable. Las operaciones del sindicato se extendían por toda la ciudad, con docenas de oficinas que generaban millones de dólares cada mes. Vivían en la opulencia, disfrutando de sus ganancias malhabidas. Joyas caras adornaban sus cuerpos, autos exóticos adornaban sus entradas y clubes y restaurantes exclusivos los recibían con los brazos abiertos.

El dinero ya no era una restricción, sino una herramienta para alimentar sus deseos. Eran la envidia de Miami, la comidilla de la ciudad. El imperio criminal que habían construido parecía imparable, y su reputación crecía con cada día que pasaba.

Capítulo 3

BAILANDO EN EL ABRAZO DEL AMOR

Gabriel y sus amigos se deleitaron con el ambiente vibrante del club de lujo, un punto de acceso de renombre para la élite de Miami. El bajo reverberaba en el aire, la pista de baile palpitaba con cuerpos que se movían en sincronía con el ritmo y el suave resplandor de las luces de colores iluminaba el espacio. Era un patio de recreo para los ricos e influyentes, donde la decadencia y la indulgencia eran la norma.

Gabriel estaba de pie en el borde de la sección VIP, examinando la escena con un ojo experimentado. Vestido impecablemente con un traje sastre azul medianoche que acentuaba su musculosa complexión, el traje, adornado con una elegante corbata negra, insinuaba su sofisticación y llamaba la atención dondequiera que fuera.

Sus ojos recorrieron el club, absorbiendo las imágenes y los sonidos. Las paredes, adornadas con obras de arte moderno, añadieron un toque de elegancia al ambiente elegante y contemporáneo. El aire estaba teñido con el aroma de perfumes caros y el tintineo de las copas, creando una atmósfera embriagadora. La pista de baile palpitaba al ritmo de la música, los cuerpos se mecían en un ritmo sensual. En medio de los colores arremolinados y las luces intermitentes, la mirada de Gabriel quedó paralizada en una visión de encanto a través del bar abarrotado.

Su voluptuosa complexión latina se acentuaba con un vestido blanco ceñido a su figura que parecía amoldarse a cada una de sus curvas. El cabello rubio sedoso caía en cascada por sus hombros, enmarcando un rostro vivo con un brillo travieso en sus ojos y una sonrisa sensual y seductora.

Mientras caminaba entre la multitud, vislumbró fugazmente la sonrisa contagiosa y radiante de Sophia mientras entablaba una animada conversación con sus amigos. Su risa se mezclaba a la perfección con la música, llenando el aire con una sinfonía melódica.

Al llegar finalmente a la barra, Gabriel se colocó junto a Sophia, con la voz entrecortada de confianza mientras se presentaba. El tintineo de las copas y las conversaciones enérgicas apoyaron su encuentro. Volviendo su mirada hacia Gabriel, sus ojos se encontraron con los de él con curiosidad y diversión. La belleza de Sophia era cautivadora, acentuada por su tez impecable y sus labios carmesí que prometían secretos incontables.

Gabriel no pudo evitar sentirse atraído por la presencia magnética de Sophia. Él la felicitó, elogiando su belleza y encanto, ofreciéndole una invitación para unirse a él y a sus amigos en la sección VIP. Su voz tenía un dejo de intriga, una invitación a disfrutar de una noche de lujo y emoción. Las amigas de Sophia intercambiaron miradas cómplices, reflejando su intriga y añadiendo un elemento de anticipación juguetona.

Intrigada por la audacia de Gabriel y cautivada por su encanto, Sofía aceptó su invitación. Guio con gracia a sus amigas hacia la sección VIP, exudando confianza y gracia. Los amigos de Gabriel las recibieron con los brazos abiertos, sus vítores resonaron en el espacio mientras celebraban la llegada de sus nuevas compañeras.

La noche se desarrolló en un torbellino de música, risas y champán. Gabriel y Sofía bailaban, sus cuerpos se movían en perfecta armonía, perdidos en el ritmo de la música. Sus conversaciones fluían sin esfuerzo, su conexión se fortalecía con cada momento que pasaba. Fue una noche de energía embriagadora y experiencias compartidas.

Mientras el DJ seguía tocando, lanzando un hechizo de

encanto sobre la abarrotada pista de baile, Gabriel acercó a Sophia, su delicado cuerpo encajando con el suyo, finalmente unidos. El momento se intensificó, una atracción magnética que se había estado acumulando desde el momento en que se vieron por primera vez.

El corazón de Sophia se aceleró cuando los dedos de Gabriel trazaron la curva de su cintura, su toque encendió un fuego dentro de ella. Sintiendo una necesidad desesperada de estar más cerca de él, de sentir el calor de su cuerpo contra el de ella, Sophia extendió la mano, pasando sus dedos por su cabello y tirando de él hacia abajo hasta que sus labios se encontraron en un beso apasionado. Fue un beso que transmitió todos los sentimientos no expresados que habían estado albergando.

Ella lo miró, sus ojos brillaban con una mezcla de deseo y asombro. En ese momento, nada más importaba, ni la música pulsante, ni la charla de los invitados, ni el champán que fluía. Solo estaban Gabriel y Sofía, atrapados en un apasionado abrazo.

El tiempo parecía detenerse mientras se movían al unísono, sus cuerpos se balanceaban y retorcían en una danza de pasión desenfrenada. Cada roce de la piel, cada mirada acalorada, cada palabra susurrada alimentaba la creciente intensidad entre Gabriel y Sophia.

Con las manos entrelazadas, tropezaron con el Porsche de Gabriel y condujeron por las calles poco iluminadas de

Miami, impulsados por la pasión desenfrenada que se había encendido entre ellos en el club. Los latidos palpitantes y los cuerpos que se balanceaban habían incendiado la sangre de Gabriel y Sophia, y ahora todo lo que anhelaban era estar solos, sentir el contacto del otro sin inhibiciones.

Sin aliento, se estrellaron contra la puerta del apartamento de Gabriel, incapaces de quitarse las manos de encima. La ropa se desechó apresuradamente, cayendo al suelo en un rastro hacia el dormitorio. La luz de la luna entraba a raudales por las ventanas panorámicas del apartamento de Gabriel, proyectando un resplandor plateado sobre sus miembros enredados mientras Sophia caía de espaldas a la cama en una maraña de besos desesperados y palmas de los dedos acariciantes.

Las luces de la ciudad de Miami centelleaban debajo, un telón de fondo para su ferviente exploración de los cuerpos de los demás. Las manos de Gabriel trazaron las curvas de Sophia, encendiendo chispas que amenazaban con consumirlas. Suspiros y jadeos se mezclaron cuando Gabriel y Sophia sucumbieron a la necesidad primordial que ardía en su interior, impulsados por una pasión que lo consumía todo.

Los músculos se tensaban y relajaban, con la piel resbaladiza por el sudor mientras se movían juntos, perdidos en un mundo de su creación. El tiempo parecía ralentizarse, cada tacto y cada sensación se intensificaban, intensificando el placer que crecía y crecía hasta que llegaba a su cima en una serie de liberaciones temblorosas y extáticas.

Agotados, se aferraron el uno al otro, los latidos del corazón volvieron lentamente a la normalidad mientras se deleitaban con el resplandor del crepúsculo, contemplando el brillante paisaje urbano de abajo. En ese momento, nada más importaba que la conexión que Gabriel y Sophia compartían, un vínculo forjado en el calor de la pasión que quedaría grabado para siempre en sus recuerdos.

A medida que las horas menguaban y el sol comenzaba a asomarse por el horizonte, Gabriel y Sophia estaban absortos en la presencia del otro. Su vínculo se había profundizado, sus almas se entrelazaban entre las luces parpadeantes y los ritmos pulsantes. Se sentían como si se conocieran desde hace toda la vida, su conexión trascendía los límites del tiempo y el espacio.

Gabriel se despertó temprano, plantando un suave beso en la frente de Sophia antes de deslizarse fuera de la cama.

—Duerme un poco más, niña —susurró—. Prepararé un desayuno especial.

En la cocina, Gabriel se movía con practicada facilidad, preparando sus platos favoritos. El aroma del café cubano recién hecho y el tocino chisporroteante pronto llenaron el aire, haciendo que a Sophia se le hiciera la boca agua. Cuando la mesa estuvo puesta, Gabriel regresó al dormitorio.

—El desayuno está listo —anunció en voz baja, colocando una bandeja sobre el regazo de Sophia—. Disfruta y no te preocupes por nada. Este es nuestro momento para relajarnos.

Sonriéndole a Gabriel, Sophia vio la alegría en sus ojos. Saborearon la comida juntos, el mundo exterior se desvanecía mientras disfrutaban de este tranquilo respiro.

Sin embargo, la tranquilidad pronto se interrumpió cuando sonó el teléfono de Gabriel y reconoció la voz urgente de Michael al otro lado. La llamada trajo noticias de que una operación de contrabando salió mal, con el cargamento de tres reclutas para su oficina de salud, en riesgo.

Mientras Michael explicaba la situación con el barco quedándose sin combustible, la mente de Gabriel se apresuraba a encontrar una solución. El éxito de su operación de contrabando dependía de una coordinación fluida y de una reflexión rápida. Con determinación, Gabriel trazó un plan.

"Michael, comunícate con el capitán por teléfono satelital, proporcionando nuevas coordenadas. Dígale que vaya a nuestro punto de emergencia que es el viejo muelle abandonado. Esto permitiría al capitán acercarse de manera segura a una ubicación remota y reunirse con uno de los miembros de nuestro sindicato. El miembro de la tripulación podría entonces repostar el barco, asegurándose de que tuviera suficiente para llegar a Miami sin levantar ninguna sospecha".

El tiempo apremiaba, y Michael pasó rápidamente las coordenadas actualizadas al capitán. El capitán recibió el mensaje y alteró el rumbo, navegando sigilosamente hacia el nuevo lugar de la reunión.

Justo después de colgar, Michael se puso en contacto inmediatamente con Jorge Acosta. A sus 60 años, con el pelo gris y un poco pesado, Jorge vivía en los Cayos de Florida. Pescador de profesión que conocía bien el lugar, era el hombre del sur que estaba más cerca del punto de encuentro. Michael explicó en voz baja lo que necesitaban.

Jorge respondió sin dudarlo: "Estoy en ello. Un poco arriesgado, diría yo, una operación diurna". Le aseguró a Michael que reuniría a los reclutas y los llevaría a Raphael Santos en Miami. Raphael, de unos 30 años y apodado Chino, era un cubano asiático que creció en el barrio chino de La Habana. Estaba bajo el mando de Michael, lo que lo convirtió en el tercero al mando en el sindicato de Miami, y estaba a cargo de preparar a los reclutas y la oficina para los negocios.

Jorge bajó a toda prisa hasta el viejo astillero con muelles desgastados, donde esperaba la lancha rápida. A medida que se detenía, la tripulación llenó rápidamente los tanques de combustible, asegurándose de que tenían suficiente combustible para hacer el viaje a Miami sin paradas. En cuestión de minutos, el barco estaba cargado y listo para continuar su viaje hasta el punto final.

Jorge miró a su alrededor con nerviosismo, esperando que no hubieran atraído ninguna atención no deseada. Pero el muelle estaba en silencio y el bote se alejó a toda velocidad hacia aguas abiertas, sin dejar rastro alguno.

Jorge miró al recluta, un joven cubano de no más de veinticinco años, que sostenía la manija de la puerta. El astillero se desvaneció en el espejo retrovisor cuando se incorporaron a la autopista y se dirigieron hacia el norte, a Miami.

—Relájate, niño —dijo Jorge con su voz áspera pero tranquilizadora—. Chino, el hombre con el que vas a pasar muchos meses, es duro, pero es un hombre de palabra. Haz lo que él te diga, y estarás acumulando dinero antes de que te des cuenta.

El recluta tragó saliva y esbozó una pequeña sonrisa preocupada. Jorge podía oler el miedo que irradiaba, esa potente mezcla de emoción e incertidumbre que tiene cada nuevo empleado. No importaba su origen (pandilleros, jarros o simplemente algún punk en busca de dinero fácil), todos tenían esa mirada de conejo en los faros cuando la realidad de hacer algo ilegal se imponía.

Pero Raphael tenía una manera de separar a los débiles de los fuertes. Raphael se encargó de preparar a los reclutas y a la oficina para los negocios. Las operaciones del Sindicato de Miami se habían vuelto más audaces y lucrativas. Los trabajos se volvieron más intensos, claro, pero los pagos fueron suficientes para hacer que un hombre arriesgara su libertad. Jorge había estado con el sindicato de Miami el tiempo suficiente para saber que el fin siempre justifica los medios en esta línea de trabajo.

A medida que la camioneta de Jorge retumbaba por las calles del distrito de almacenes de Miami, el aire húmedo se espesaba. Sus manos estaban firmemente en el volante mientras navegaba por edificios en ruinas, siempre mirando por el espejo retrovisor a los dos rostros nerviosos sentados en el suelo en la parte trasera de la camioneta y al niño más pequeño sentado a su lado.

Se detuvo en un almacén anodino, con la puerta de metal oxidado apenas colgando de sus goznes. Jorge apagó la camioneta y salió, haciendo señas a los demás para que lo siguieran.

A medida que se acercaban a la entrada, una figura fornida emergió del interior: Raphael, con una sonrisa maliciosa en su rostro mientras le daba una palmada en la espalda a Jorge.

—Bien hecho, hermano mío —dijo Raphael con voz ronca—. Sacó un sobre grueso y lo puso en la mano de Jorge. — Por tu trabajo.

Jorge le dio las gracias, el peso del dinero era un consuelo familiar. Había estado manejando esta ruta durante años con otras organizaciones de drogas, y ahora estaba en la nómina del sindicato de Miami. Estaba a solo una llamada de distancia, sin hacer preguntas.

Raphael se volvió hacia el grupo con los ojos muy abiertos, su mirada fría. "Bienvenidos a los Estados Unidos y a su nueva vida, amigos míos".

Mientras Raphael reunía al grupo de nuevos reclutas, con los ojos muy abiertos por una mezcla de anticipación y nervios, examinó los rostros que tenía ante sí, evaluando las últimas incorporaciones a la operación.

—Está bien, escucha —dijo, con un tono casual pero firme—. Necesito que cada uno de ustedes me dé la dirección donde se van a quedar, con su familia, amigos, quien sea. Solo asegúrate de que sea seguro.

Uno por uno, proporcionaron los detalles, y Raphael los anotó en su gastado cuaderno. Con un movimiento de cabeza, les hizo señas para que lo siguieran hasta su Range Rover.

A medida que se amontonaban, Raphael se deslizó detrás del volante, mirando por encima del hombro antes de alejarse de la acera. "Así es como va a funcionar", comenzó, sin perder de vista la carretera. "Me pondré en contacto con cada uno de ustedes en los próximos días para revisar la operación. Los detalles, los roles, las nueve yardas completas".

Hizo una pausa, asegurándose de que lo seguían. "Pero aquí está la cosa: no le dices una palabra de esto a nadie. Ni tu mamá, ni tu mejor amiga, nadie. Esta mierda es altamente ilegal, y nunca sabes con quién puedes estar hablando".

La camioneta disminuyó la velocidad a medida que se acercaban al primer punto de entrega. "¿Entendido?", Raphael (Chino) miró fijamente al joven recluta, esperando el asentimiento nervioso antes de continuar. Le entregó un teléfono celular. "Así es como llegaré a ti. Llévalo contigo en todo momento".

Uno por uno, los depositó en sus casas temporales, con la misma advertencia en sus labios cada vez. Cuando el último recluta desapareció detrás de una puerta anodina, Raphael se permitió una sonrisa tensa. Si lograban pasar la iniciación, valdría la pena la inversión realizada.

Más tarde, esa noche, el plan cuidadosamente orquestado se ejecutó a la perfección, dejándolos aliviados de haber evitado un desastre potencial. Gabriel sabía que había poco tiempo para celebrar, ya que el mundo por el que navegaban exigía una vigilancia y una capacidad de adaptación constantes.

A medida que la luna ascendía, su luz plateada proyectaba un resplandor sereno sobre la ciudad, Gabriel y Sophia se encontraron envueltos en un momento de pura conexión.

El aire de la noche, animado por los sutiles ritmos de la ciudad, parecía celebrar su unión, cada uno susurrando un testimonio del romance atemporal. En el santuario del balcón, la mirada compartida de la pareja lo decía todo, su comunicación silenciosa era más profunda de lo que las palabras podrían transmitir. El mundo, con todo su caos y clamor, se desvaneció, dejando solo la verdad de su afecto compartido, tan duradera y luminosa como la luna en lo alto.

En la tranquila soledad de su reflexión, la resolución de Gabriel se endureció como el acero. Comprendió el peso de su estilo de vida que seguía cada uno de sus pasos, los testigos silenciosos de una vida bordeada de peligros. Sin embargo, en los ojos de Sophia, vio la promesa de redención, un faro de inocencia que juró proteger. Era un juramento silencioso, grabado en lo profundo de su corazón, de protegerla de la tempestad de su mundo. Porque en su risa encontró esperanza, y en sus sueños, la fuerza para forjar un nuevo camino, uno en el que los espectros de su pasado ya no arrojarían su oscuro velo sobre su futuro.

Los dedos de Gabriel trazaron la delicada curva de la mejilla de Sofía. Su tacto la hizo sonreír y le dio una sensación de seguridad. Era un gesto simple, pero que tenía un peso inmenso en su relación.

Mirando su reflejo, Gabriel se hizo una promesa silenciosa a sí mismo. Mantendría a Sophia a distancia de sus actividades ilícitas, garantizando su seguridad y preservando la pureza de su amor. Ella merecía una vida libre de los fantasmas que lo perseguían, donde pudiera prosperar y estar libre de las consecuencias de sus decisiones.

Sus enemigos eran despiadados, siempre en busca de debilidades para explotar. Gabriel no podía arriesgarse a exponer a Sophia a sus maliciosas intenciones. Había visto hasta dónde llegarían; las vidas que habían destruido. Sofía era su santuario, la luz que lo guiaba a través de la oscuridad. No podía soportar la idea de que esa luz se extinguiera.

Sophia lo miró a los ojos, viendo el amor inquebrantable y la dedicación en su mirada. Aunque las preguntas aún persistían en su mente, se consoló con sus palabras y la fuerza de su conexión.

—Confío en ti, Gabriel —respondió ella, con la voz llena de amor y determinación—. Mientras estemos juntos, podemos enfrentar cualquier cosa que se nos presente.

Habían pasado unos días. Raphael examinó al trío de reclutas: un joven enjuto con el pelo rizado, un hombre flaco de unos veinte años con rasgos afilados y un comportamiento sensato, y un caballero mayor con el pelo canoso pero con una determinación ardiente ardiendo en sus ojos.

—Está bien, escucha —la voz ronca de Raphael se transmitió por encima del sordo rugido del motor—. Esto no es un paseo por el parque. La operación que estamos a punto de emprender es peligrosa, exigente y no hay garantía de éxito. Si alguno de ustedes quiere echarse atrás, ahora es el momento.

El trío intercambió miradas, con las mandíbulas colocadas en silenciosa resolución. Chino sonrió, aparentemente impresionado por su convicción. "No te preocupes, sé que todo esto es un territorio nuevo para ti, pero querías esta misión debido a tu voluntad de hacer dinero, dedicación y sacrificio para estar aquí".

Comenzó a explicar los objetivos de la operación: en primer lugar, no debían discutir sus operaciones con nadie fuera de la organización. El secreto absoluto era imprescindible.

"En segundo lugar, te voy a enviar a la oficina de un abogado que se especializa en manejar la documentación necesaria para obtener tus permisos de trabajo. Esto acelerará el proceso de su documentación para que podamos abrir nuestro negocio de suministros médicos".

"En tercer lugar, tendrás que formar una corporación, una entidad legal que sirva de fachada para nuestras actividades ilícitas. Esto le dará un aire de credibilidad y legitimidad a la operación".

La voz de Raphael tenía un tono áspero mientras se dirigía a su nuevo equipo, enfatizando la naturaleza crítica de su próxima operación fraudulenta. Todos los miembros comprendieron la gravedad de la situación, sus rostros estaban marcados con determinación. "Tenemos una oportunidad de hacerlo bien", dijo Raphael. "El éxito de esta operación depende de nuestra capacidad para seguir el plan meticulosamente. El fracaso no es una opción".

Durante los meses siguientes, Raphael coordinó todos los aspectos: proporcionando documentación, haciendo un seguimiento implacable y asegurándose de que no se dejara piedra sin remover. Los abogados trabajaron incansablemente.

Capítulo 4

EL ACTO DE EQUILIBRIO

En medio de las bulliciosas calles de Miami, el diverso y vibrante paisaje urbano proporcionó un telón de fondo para la operación en expansión dirigida por Gabriel y su equipo. A medida que su alcance se extendía, la intrincada red de su empresa comenzó a entrelazarse con las vidas de personas de diferentes orígenes y estilos de vida.

Omar García, un joven inmigrante cubano de unos 30 años de edad, de tez oscura que medía 5' 9", fue uno de los primeros reclutas traídos a Miami desde Cuba para abrir una oficina ilegal de suministros médicos. Sobre el papel, él era solo el dueño que el sindicato de Miami necesitaba para establecer una oficina de suministros médicos que sirviera como fachada para operaciones de facturación fraudulenta en el sistema de salud y las compañías de seguros privadas, obteniendo ganancias millonarias en unos pocos meses.

Hablaba un inglés entrecortado, una figura modesta en el mundo ilícito del fraude sanitario. Sin embargo, estaba a punto de verse arrastrado a una red de engaño y codicia que pondría a prueba los límites mismos de su moral.

La promesa de riqueza y un estilo de vida lujoso había seducido inicialmente a Omar, alimentando sus sueños de prosperidad de larga data. Viniendo de un entorno humilde, el atractivo del "dinero fácil" ofrecido por el Sindicato de Miami parecía un tentador escape de las limitaciones de su pasado.

Atraído por la incesante búsqueda de beneficios económicos, Omar se vio envuelto en un complejo plan dirigido al sistema de salud. La perspectiva de una vida de lujo en Cuba era tentadora. Sin embargo, con el paso del tiempo, la perspectiva de Omar cambió. La vibrante energía de Miami y la libertad que experimentó dentro de los Estados Unidos comenzaron a revelar un lado diferente de la vida: un mundo donde abundaban las oportunidades, se podían perseguir los sueños y el valor de uno se medía más allá de la riqueza material.

Atrapado entre las tentadoras promesas de la operación y el nuevo aprecio por las libertades que había llegado a appreciar, Omar se encontró en una encrucijada. El encanto de las riquezas malhabidas chocaba con un creciente sentido de la moralidad, una voz que susurraba las consecuencias que esperaban a aquellos que elegían el camino del engaño y el fraude.

Sopesando la balanza de sus deseos frente a las posibles repercusiones, Omar lidió con el secreto de sus pensamientos. Al darse cuenta de que su participación en el esquema de facturación fraudulenta corría el riesgo de empañar su nueva vida, carcomió su conciencia. Anhelaba la estabilidad y la seguridad de Miami, la oportunidad de construir un futuro legítimo basado en el mérito y no en el engaño.

A pesar del atractivo, las dudas comenzaron a consumir a Omar. Los colores vibrantes de la ciudad parecían apagados, manchados por la deshonestidad que impregnaba sus acciones. El sabor de la libertad que saboreaba estaba manchado por el conocimiento de que descansaba sobre una base de fraude.

En busca de consuelo y orientación, Omar confió en un compañero de trabajo, compartiendo las dudas que nublaban su conciencia. El asociado, muy consciente de la complejidad moral de sus operaciones, comprendió el peso de las preocupaciones de Omar. Juntos, contemplaron los caminos que tenían por delante, evaluando las consecuencias de sus decisiones y buscando una solución que aportara claridad a sus turbias circunstancias.

Al darse cuenta de la gravedad de la situación, el socio decidió involucrar a Raphael, su confidente de confianza. Raphael se reunió con Omar, escuchando sus preocupaciones y reconociendo el delicado equilibrio que debía mantenerse.

El ambiente en la oficina de Raphael estaba cargado de anticipación mientras se sentaba frente al atribulado recluta cubano. La mirada penetrante de Raphael se encontró con los ojos de Omar, transmitiendo comprensión y determinación.

—Te agradezco que vengas a mí con tus preocupaciones —comenzó Raphael, con una voz que transmitía un tono tranquilizador pero autoritario—. Se necesita coraje para cuestionar el camino que te han marcado.

Los hombros de Omar se hundieron con el peso de sus emociones contradictorias. "Raphael, nunca me imaginé en esta situación. La vida que había soñado en Miami no implicaba engaños ni fraudes. Pero me siento atrapado, dividido entre las promesas de riqueza y el deseo de una vida basada en la verdad".

Raphael se inclinó hacia delante, apoyando los antebrazos en la desgastada superficie de madera de su escritorio. "Entiendo las dificultades a las que te enfrentas. No es una decisión fácil, pero les aseguro que encontraremos la manera de resolver esto sin comprometer su bienestar".

La esperanza parpadeó en los ojos de Omar mientras

buscaba consuelo.

—Pero, ¿qué podemos hacer, Raphael? ¿Cómo puedo alejarme de este esquema sin enfrentar consecuencias nefastas?

Una sonrisa maliciosa se dibujó en los labios de Michael mientras extendía la mano, colocando una mano reconfortante en el brazo de Omar. "Debemos ser cautelosos y estratégicos. La clave es navegar este camino con delicadeza, asegurando la menor interrupción de nuestras operaciones y honrando su deseo de un futuro diferente".

Omar asintió, su fe en Raphael se hizo más fuerte.

—"Confío en tu juicio, Raphael. Por favor, guíame a través de esto. Ayúdame a encontrar una salida".

La voz de Raphael adquirió un tono mesurado, sus palabras mezcladas con determinación. "Quédate tranquilo. Manejaremos esto con sumo cuidado. Consultaré con nuestros contactos y diseñaré un plan que le permita alejarse sin ponerse en peligro a sí mismo o a nuestra operación".

Pero Omar ya había tenido suficiente. Durante años, había estado atrincherado en el oscuro mundo del Sindicato de Miami, una vida de engaño, violencia y miedo constante. Pero ahora, quería salir. Soñaba con un futuro legítimo, uno en el que pudiera irse y comenzar una nueva vida en Miami.

Había llevado meses de cuidadosa planificación, pero

finalmente, Omar había logrado liberarse de las garras del sindicato. Estaba dispuesto a desaparecer en el anonimato de la vida normal, o al menos eso pensaba.

En cuestión de semanas, los sueños de Omar de un nuevo comienzo se hicieron añicos. Mientras caminaba por una calle lateral de Miami, una camioneta se detuvo a su lado. Antes de que pudiera reaccionar, unas manos fuertes lo agarraron y lo metieron en el vehículo, sus gritos de auxilio fueron amortiguados por el rugido del motor.

Omar sabía que solo un equipo podía estar detrás de esto: el Sindicato de Miami, con el que no había logrado mantener su acuerdo solo unas semanas antes. El sindicato tenía larga memoria, y Omar había roto una confianza sagrada, debiéndoles dinero por su transporte a Miami desde Cuba. Ahora, tendría que enfrentar las consecuencias.

Mientras la camioneta aceleraba por las calles de la ciudad, el corazón de Omar latía con fuerza en su pecho. Sabía que su destino estaba sellado. El sindicato no lo dejaría ir tan fácilmente, y se preparó para los horrores que se avecinaban. El sueño de una vida normal había sido solo eso: un sueño. El pasado de Omar lo había alcanzado, y ahora tendría que luchar por su propia supervivencia.

Omar siempre había sido un poco arriesgado, pero esta vez se había metido en un lío. Había llegado a un acuerdo con el PMC, pero no cumplió su parte del trato, pensando que sería una forma sencilla de salir de su acuerdo. Lo que no sabía era que, mientras se dirigían hacia los muelles, Omar empezó a sentir inquietud en el estómago. Los PMC permanecieron en silencio y concentrados, sus expresiones eran ilegibles. Cuando llegaron y vio el elegante barco de propulsión en alta mar esperándolos, las alarmas comenzaron a sonar en su cabeza.

—¿A dónde vamos exactamente? —preguntó, tratando de mantener la voz firme.

Uno de los chicos de PMC se volvió hacia él con una mirada fría. "Cuba". La mente de Omar se aceleró. ¿En qué demonios se había metido? Sabía que la PMC tenía conexiones allí, pero no tenía idea de que lo iban a sacar de Miami y devolverlo a Cuba. Su destino estaba ahora completamente fuera de su control.

Mientras subían al bote y se alejaban a toda velocidad en la noche, Omar se sentó en un silencio sombrío, con el corazón latiendo con fuerza. Tenía la sensación de que se trataba de un viaje de ida y que su vida nunca volvería a ser la misma. Las miradas frías y calculadoras en los rostros de sus "compañeros" dejaban claro que ya no había marcha atrás.

En los momentos de tranquilidad entre la frenética actividad, Gabriel y Michael reflexionaban sobre el viaje que los había llevado a este punto. Estaban orgullosos de lo que habían construido, pero también reconocían la fragilidad de todo ello. Un paso en falso, un momento de debilidad, y todo podría venirse abajo.

A medida que el PMC continuaba prosperando, Gabriel se mantuvo alerta, sabiendo que cada desafío presentaba una oportunidad. En las calles de Miami, el PMC se construyó sobre la base de la confianza y el respeto, un delicado equilibrio que luchó por mantener en medio del caos.

Unos días más tarde, Raphael y Michael convocaron su reunión semanal, una reunión de rutina en la que discutían los intrincados detalles de sus operaciones fraudulentas. El aire estaba cargado de tensión mientras profundizaban en los recientes acontecimientos tras el incidente de Omar García.

Michael no perdió el tiempo en abordar el asunto apremiante, con un tono cargado de urgencia. "Entonces, ¿cuál es el estado de los beneficios recaudados a través de nuestras actividades fraudulentas?"

Raphael abrió su maletín y sacó su libreta de notas. Los ojos de Michael examinaron las cifras que tenía delante mientras Raphael explicaba: "Hemos conseguido sacar del banco esta semana más de ochocientos mil de un par de oficinas de suministros médicos". Su voz era baja y calculadora.

"Michael, tenemos un poco más de tres millones de dólares restantes en los bancos a partir de hoy, y muchos más fondos que llegarán al banco la próxima semana para retirar. Necesitamos más recursos para extraer el dinero. Esto es solo desde dos oficinas. Deberíamos abrir tres consultorios médicos más en los próximos meses".

Michael levantó un poco la cabeza mientras Raphael disponía los números. "Quedan tres millones por extraer, ¿eh? Será mejor que nuestra conexión de cambio de divisas intensifique su juego. Solía sacar un millón a la semana para nosotros. ¿Por qué ha disminuido la velocidad?"

—Está haciendo lo que puede sin levantar demasiadas banderas por ahora, —respondió Raphael—. Una vez que tengamos los otros tres consultorios médicos en funcionamiento, duplicaremos nuestro flujo de ganancias.

Michael se echó hacia atrás y se pasó una mano por el pelo. Esta operación de lavado de dinero fue más complicada de lo previsto, pero las ganancias de canalizar ganancias ilegales a través de negocios legítimos eran demasiado sustanciales para abandonarlas ahora.

—Está bien, nos quedaremos con la conexión actual que tenemos por ahora, pero seguiremos examinando algunas alternativas. No quiero cuellos de botella cuando lo estamos haciendo tan bien —instruyó Michael, con la mandíbula apretada—. Habían invertido demasiado para permitir que un solo eslabón débil ralentizara la operación.

Capítulo 5

ENGAÑO Y EXPLOTACIÓN

Las semanas posteriores a su primer encuentro fueron un frenesí de amor y deseo. Se sentían como si estuvieran atrapados en una corriente, llevándolos sin esfuerzo a través de una serie de momentos mágicos que parecían sacados de un cuento de hadas.

Cada fecha que compartieron fue cuidadosamente planeada, cada detalle meticulosamente pensado para crear una experiencia encantadora para ambos. Gabriel, siempre el epítome del encanto, llegaba a la puerta de Sophia en su elegante Porsche rojo, con una sonrisa deslumbrante iluminando su rostro. Verlo nunca dejaba de hacer que su corazón diera un vuelco. Con un tierno abrazo y un cumplido susurrado, se embarcarían en su aventura del día.

Sus viajes juntos los llevaron a gemas ocultas en toda la ciudad, conocidas solo por aquellos dispuestos a explorar más allá de los caminos trillados. Cogidos de la mano, recorrieron pintorescos parques, disfrutando de la belleza de la naturaleza que se desplegaba ante sus ojos. Compartieron risas, se involucraron en bromas alegres y se deleitaron con la alegría de estar juntos.

Y al caer la noche, sus citas se transformaban en elegantes aventuras que despertaban los sentidos. Gabriel arrasaba con Sophia, llevándola a restaurantes a la luz de las velas adornados con una exquisita decoración. El aroma de los tentadores platos se mezclaba con sus risas, creando un ambiente que los envolvía en su mundo. El tiempo parecía detenerse mientras saboreaban deliciosos manjares, entablando conversaciones profundas que desafiaban sus mentes y abrían sus corazones.

Pero su amor realmente floreció en los momentos íntimos a puerta cerrada. El lujoso apartamento de Gabriel se convirtió en un santuario, un refugio donde podían escapar del mundo exterior y perderse en sus deseos. Una música suave llenaba el aire, y las velas parpadeantes proyectaban un resplandor cálido y sensual sobre sus cuerpos entrelazados.

En esos momentos robados de intimidad, descubrieron un lenguaje que las palabras no podían expresar. Sus cuerpos se movían en perfecta armonía, las yemas de sus dedos trazaban delicados patrones en la piel del otro, encendiendo un fuego que los consumió a ambos. Se rindieron a la pasión que se cocía a fuego lento entre ellos, la sinfonía de su amor creó un crescendo que resonó en toda la habitación. El tiempo parecía perder todo sentido mientras se entregaban a las olas del placer, perdidos en un mundo donde solo importaba su conexión.

Pero no era solo el deseo físico lo que los unía. En la seguridad del abrazo del otro, encontraron el coraje para revelar sus miedos e inseguridades más profundos. Compartieron historias de su pasado, las cicatrices que llevaban y las batallas que habían librado. En esos momentos de vulnerabilidad, encontraron consuelo y comprensión, ofreciéndose apoyo y aceptación inquebrantables. Su vínculo trascendió lo físico, convirtiéndose en una unión inquebrantable de corazones y almas.

Mientras yacían en los brazos del otro, sus cuerpos entrelazados, se maravillaron de la belleza de su amor. Sus susurros llenaron la sala de promesas y declaraciones, afirmando su compromiso inquebrantable el uno con el otro. En esos tiernos momentos, crearon un santuario para escapar del caos del mundo y encontrar consuelo en la presencia del otro.

Juntos, descubrieron un amor profundo y que lo abarcaba todo, un amor que desafiaba la lógica y superaba sus sueños más salvajes. En el abrazo del apartamento de Gabriel, crearon recuerdos que quedarían grabados para siempre en sus corazones. Al embarcarse en este viaje de amor, supieron sin lugar a dudas que habían encontrado algo extraordinario el uno en el otro.

Mientras Gabriel y Sophia se deleitaban en las profundidades de su amor y pasión, sin darse cuenta de la inminente tormenta que se cernía fuera de las paredes del apartamento de Gabriel, la sala del tribunal se llenó de un aire de anticipación. Era un marcado contraste con la intimidad que compartían.

La tensión llenaba el aire mientras la fiscal federal Alice Harper, una mujer negra profesional de 34 años, junto con los detectives principales Julián Pratt y Jackie Ortiz, se preparaban para presentar su caso ante el juez. Había mucho en juego: necesitaban obtener acusaciones y órdenes de registro para sus sospechosos, individuos astutos y escurridizos que habían evadido la justicia durante demasiado tiempo.

A medida que reunían sus pruebas y revisaban su estrategia, Alice podía sentir el peso de la responsabilidad sobre sus hombros. Este fue un momento crucial que podría hacer o deshacer su caso. Sabía que Julián y Jackie habían dedicado incontables horas, examinando detalles, persiguiendo pistas y construyendo una base sólida para respaldar sus argumentos.

La sala del tribunal estaba limitada por el peso de las supuestas actividades fraudulentas que habían arrojado una sombra oscura sobre el sistema de salud en el sur de la Florida. Con meticulosa precisión, la fiscal federal Alice Harper presentó las pruebas, pintando una imagen vívida de la estafa masiva que había causado pérdidas significativas a los contribuyentes y socavado la integridad de la industria de la salud. Facturando a Medicare y a los seguros privados por millones de dólares, estas empresas habían explotado el sistema cobrando por equipos médicos innecesarios o inexistentes. La red de engaños amplió su alcance, conectando a un sospechoso con otro en una intrincada red de fraude. El juez concedió las órdenes de allanamiento y detención.

La quietud de la madrugada fue destrozada por el estruendoso ruido de las puertas astilladas mientras el equipo de TUFF entraba en el anodino edificio de oficinas que albergaba el consultorio médico de Gordon. "¡Esto es una redada! ¡Tírate al suelo, ahora!", gritó el agente principal, Julián Pratt, con la voz retumbante de autoridad.

En el interior, se produjo una ráfaga de actividad a medida que los agentes se dispersaban, aseguraban las instalaciones y acorralaban a los empleados sorprendidos. En la trastienda, un hombre blanco con un traje mal ajustado, con gotas de sudor en la frente, se encontró inmovilizado contra la pared por dos agentes corpulentos.

"Gordon Fisher, de unos 60 años y pelo gris, está bajo arresto por fraude sanitario y blanqueo de dinero", gruñó uno de los agentes, colocando las esposas en las muñecas del hombre.

Mientras tanto, al otro lado de la ciudad, un equipo separado llevó a cabo una redada similar en la lujosa mansión que pertenece al propietario de DD Medical Supplies, Daniel Decker, un ex desertor de la escuela secundaria convertido en millonario, conocido por su estilo de vida llamativo y su amor por los juguetes caros.

Mientras los agentes de TUFF invadían su mansión palaciega, Decker intentó una loca carrera hacia la salida, solo para ser derribado al suelo por la agente Jackie Ortiz. "¿Vas a alguna parte, Danny?" Jackie se burló mientras lo esposaban y se lo llevaban.

Las redadas simultáneas fueron la culminación de años de investigación por parte de la fiscal federal Alice Harper y su equipo de agentes profesionales de la ley en Miami. Los esquemas fraudulentos tramados por DD Medical Supplies y sus cohortes habían facturado millones a Medicare, dejando a innumerables pacientes sin la atención adecuada.

Pero a medida que Harper examinaba las pruebas que se estaban catalogando, una sombría satisfacción se apoderó de ella. El equipo de TUFF había asestado un golpe contra el cáncer del fraude en la atención médica, pero ella sabía que la batalla estaba lejos de terminar. Siempre habría quienes estuvieran dispuestos a sacrificar la integridad por la codicia.

La participación del Dr. Fisher en la estafa conmocionó la investigación. Una figura respetada en ortopedia, había construido una reputación basada en la confianza y el cuidado de sus pacientes. Los detectives no pudieron evitar preguntarse cómo alguien tan respetado podía estar involucrado en actividades que causaban pérdidas significativas a los contribuyentes.

A medida que profundizaban, los detectives descubrieron transacciones sospechosas e irregularidades en torno a DD Medical Supply y el consultorio ortopédico del Dr. Fisher. Examinaron meticulosamente montones de documentos, referencias cruzadas de registros de facturación y testimonios de pacientes para reunir las pruebas necesarias para construir su caso.

Sus esfuerzos no fueron en vano. Las piezas del rompecabezas comenzaron a encajar, revelando un esquema complejo que involucraba a múltiples partes. DD Medical Supply parecía estar facturando a Medicare y a las compañías de seguros privadas por millones de dólares en equipos médicos innecesarios o inexistentes. Mientras tanto, el consultorio ortopédico del Dr. Fisher parecía cómplice de la operación, beneficiándose potencialmente de las transacciones fraudulentas.

Con cada prueba que descubrían, el alcance de la estafa

se hacía cada vez más evidente. Julián Pratt y Jackie Ortiz descubrieron una red de empresas interconectadas, cada una de las cuales desempeñaba un papel en el elaborado plan para defraudar al sistema de salud. Entre estas entidades se encontraba Mas Medical Supply Inc., una empresa relativamente nueva que había facturado más de 20 millones de dólares en menos de un año por servicios dudosos. La audacia de sus operaciones asombró incluso a los investigadores más experimentados.

Los detectives Julián Pratt y Jackie Ortiz comprendieron la gravedad de su tarea. No solo buscaban justicia para los contribuyentes que habían sido víctimas de esta estafa masiva, sino que también buscaban restaurar la integridad del sistema de salud. El efecto dominó de este fraude generalizado se extendió más allá de las pérdidas monetarias. Socavaron la confianza entre los pacientes y los proveedores de atención médica, empañando la reputación de una industria basada en el principio de cuidado y curación.

Mientras el grupo de trabajo llevaba a cabo las redadas en las empresas de suministros médicos sospechosas de ser fraudulentas, se encontraron con un obstáculo inesperado en Mas Medical Supply Inc. Su plan de atrapar al dueño con las manos en la masa se había visto frustrado. No lo encontraban por ningún lado. En cambio, fueron recibidos por una recepcionista que parecía ajena a la situación que se desarrollaba a su alrededor. El idioma resultó ser otra barrera, ya que solo podía comunicarse en un idioma que los detectives no entendían.

Sin dejarse intimidar por la barrera del idioma, un detective que hablaba español dio un paso adelante para cerrar la brecha. Le explicó con calma a la recepcionista, en su lengua materna, el propósito de su presencia. Con una mezcla de confusión e inquietud, escuchó atentamente mientras el detective le informaba que estaban incautando documentos y computadoras como evidencia. Le entregó una tarjeta y le indicó que pasara el mensaje a su jefe, instándolo a ponerse en contacto con el grupo de trabajo del sur de Florida.

A pesar del encuentro inicial, el líder del grupo de trabajo no pudo evitar la sensación de que había más en esta oficina aparentemente inocua de lo que parecía a simple vista. Tenía la intuición tácita de que el dueño de Mas Medical Supply Inc. estaba ocultando algo significativo. Decidido a no dejar que se le escaparan las posibles pistas, dejó a un grupo de detectives en la oficina, esperando pacientemente el regreso del propietario.

A medida que la investigación profundizó en Mas Medical Supply Inc., se hizo evidente que esta oficina no se parecía a ninguna que hubieran encontrado. Julián Pratt y Jackie Ortiz interrogaron meticulosamente a los médicos que supuestamente recetaron suministros a innumerables pacientes asociados con la compañía. Sorprendentemente, los médicos afirmaron no saber nada de Mas Medical

Supply Inc. Era como si la empresa existiera únicamente en las sombras, operando sin dejar rastro.

Las piezas del rompecabezas comenzaron a encajar. Los pacientes nunca habían recibido ningún suministro o servicio de Mas Medical Supply Inc. Quedaron desconcertados, su confianza destrozada, cuando se dieron cuenta de que, sin saberlo, se habían convertido en peones en un plan orquestado por manipuladores sin rostro. La promesa de equipo médico había sido colgada ante ellos, tentándolos a proporcionar su información personal y de salud. Los pacientes relataron sus encuentros con vendedores telefónicos que se habían puesto en contacto con ellos, ofreciendo servicios que parecían demasiado buenos para ser verdad.

El detective escuchó atentamente mientras una paciente, atormentada por su experiencia, compartía su historia. Describió las tácticas persuasivas empleadas por los teleoperadores, su capacidad para extraer datos personales y las falsas promesas que hicieron. Cada palabra dejaba claro que Mas Medical Supplies Inc. había operado como una empresa fantasma, aprovechándose de personas vulnerables y explotando el sistema de salud para beneficio personal.

A diferencia de las empresas legítimas de suministros médicos que entregaban diligentemente el equipo a los beneficiarios, Mas Medical Supplies Inc. nunca había enviado nada a nadie. Se habían embolsado cínicamente los fondos para los servicios de salud, desapareciendo sin dejar rastro. La escala del engaño fue asombrosa, ya que la investigación reveló una red de conexiones entre médicos, sus familiares y amigos, todos cómplices de este intrincado plan.

La realización de las actividades fraudulentas de Mas Medical Supplies Inc. envió ondas de choque a través del grupo de trabajo. Se habían encontrado con una buena cantidad de operaciones ilícitas, pero esta era particularmente insidiosa. La compañía había operado con astucia y precisión, sin dejar lugar a la detección. Fue un duro recordatorio de hasta dónde llegarían las personas para explotar un sistema diseñado para brindar atención y apoyo.

A medida que aumentaban las pruebas contra Mas Medical Supplies Inc., los detectives documentaron meticulosamente cada paso de su investigación. Descubrieron un rastro de transacciones financieras, registros de comunicaciones y testimonios de testigos que desentrañaron con precisión el intrincado esquema. Sus incansables esfuerzos comenzaron a revelar a las personas detrás de la compañía fantasma, aunque sabían que el viaje para llevarlos ante la justicia sería arduo.

Con el cierre de Mas Medical Supplies Inc., el grupo de trabajo había asestado un golpe significativo contra las actividades fraudulentas que plagaban el sistema de atención médica. Su trabajo estaba lejos de terminar, pero el desmantelamiento de esta empresa fantasma marcó un punto de inflexión en su búsqueda de justicia. El grupo de trabajo sabía que sus hallazgos servirían como base para exponer la red más amplia de engaño y manipulación que amenaza la integridad de la industria de la salud.

Los pacientes, que sin saberlo se habían convertido en víctimas de las maquinaciones de Mas Medical Supplies Inc., tuvieron que lidiar con las consecuencias. Su confianza se había hecho añicos, y ahora se enfrentaban a la abrumadora tarea de reconstruir su confianza en un sistema que les había fallado. La investigación ofreció un rayo de esperanza, una garantía de que los responsables tendrían que rendir cuentas y que el sistema de salud estaría protegido de una explotación tan atroz en el futuro.

A medida que el grupo de trabajo compilaba metódicamente sus conclusiones y se preparaba para presentar su caso, se vieron impulsados por un renovado sentido de propósito. La exposición de Mas Medical Supplies Inc. reveló la verdadera naturaleza del fraude que había atrapado a innumerables personas y desviado fondos del sistema de salud. Su determinación de hacer justicia a los implicados brillaba más que nunca a medida que avanzaban, comprometiéndose a descubrir el alcance total de las operaciones de esta empresa fantasma y a garantizar que los autores se enfrentaran a las consecuencias de sus actos.

El grupo de trabajo se reunió en su sala de conferencias,

con el aire eléctrico de anticipación. La detective Jackie Ortiz, con los ojos encendidos de determinación, fijó la última pieza de evidencia en su extenso tablero de investigación.

—Esto es todo, equipo —declaró, con la voz temblorosa por una pasión apenas contenida—. Tenemos a Mas Medical Supplies Inc. Acorralada.

El detective Mike Reeves asintió, con su rostro curtido grabado por la determinación. "Ha sido un largo camino, pero finalmente vamos a exponer a estos buitres por lo que son".

A medida que ensayaban su presentación, la gravedad de su descubrimiento pesaba mucho sobre cada miembro. Mas Medical Supplies Inc., una empresa fantasma que se había infiltrado en el sistema de salud, había facturado millones a víctimas desprevenidas y desviado fondos cruciales de quienes más lo necesitaban.

El equipo trabajó incansablemente durante toda la noche, alimentado por el café y una sed insaciable de justicia. Conectaron meticulosamente los puntos, revelando una red de engaños que se extendía mucho más allá de lo que habían imaginado inicialmente.

Amaneció mientras daban los toques finales a su caso. Jackie se paró frente a sus colegas, con la voz temblorosa por la emoción. "Lo que hacemos hoy no se trata solo de números en una hoja de cálculo. Se trata de las vidas destruidas, la confianza destrozada y el sistema corrompido. Se lo debemos a cada una de las víctimas para salir adelante".

Cuando llamaron a sus superiores y a otros miembros del grupo de trabajo para que presentaran sus hallazgos, un fuego ardía en sus corazones. El grupo de trabajo sabía que se trataba de algo más que un caso más: se trataba de una cruzada contra quienes se aprovechaban de los vulnerables.

En la sala de presentaciones, frente a los funcionarios de rostro severo, la pasión de la detective Jackie Ortiz encendió la sala. Pintó una imagen vívida de las operaciones insidiosas de Mas Medical Supplies Inc., y sus palabras fueron un grito de guerra por justicia.

Con cada revelación, las expresiones de los funcionarios cambiaban de escepticismo a conmoción, y luego a una determinación feroz. El grupo de trabajo no se había limitado a construir un caso, habían desencadenado un movimiento.

Al concluir, un estruendoso aplauso llenó la sala. El detective Reeves captó la mirada del agente Chen, un entendimiento silencioso pasó entre ellos. Esto fue solo el comienzo. Perseguirían todas las pistas, descubrirían a todos los conspiradores y desmantelarían este imperio fraudulento pieza por pieza.

El grupo de trabajo abandonó el edificio, con pasos ligeros pero decididos. Conocían los desafíos que tenían por delante, pero su determinación era inquebrantable. Porque en sus manos, tenían el poder de corregir un terrible error y restaurar la fe en un sistema destinado a sanar, no a dañar.

Su lucha contra Mas Medical Supplies Inc. se había convertido en algo más que una investigación: era un testimonio del poder perdurable de la justicia y del espíritu inquebrantable de quienes la defienden.

Capítulo 6

DESENMASCARANDO AL SINDICATO

Los detectives Julián Pratt y Jackie Ortiz siguieron un rastro de documentos que los llevó a través de un laberinto de corporaciones ficticias, documentos falsificados y complejos esquemas de lavado de dinero. Poco a poco, fueron reconstruyendo cómo estos criminales saqueaban sistemáticamente a sus víctimas y luego desaparecían antes de que las autoridades pudieran acercarse.

Lo más inquietante fue la precisión con la que estos propietarios orquestaron sus desapariciones. Las cuentas bancarias serían vaciadas, las oficinas abandonadas y los efectos personales desaparecidos, todo en cuestión de días.

Era como si simplemente se hubieran evaporado, sin dejar pistas.

El Grupo de Trabajo de Miami examinó minuciosamente los registros financieros, entrevistó a testigos y revisó los dispositivos digitales, pero cada vez que pensaban que tenían una pista, se enfriaba. Los propietarios habían planeado sus fugas meticulosamente, cubriendo sus huellas a cada paso.

A medida que la investigación avanzaba, Julián Pratt y Jackie Ortiz se sentían cada vez más frustrados. Sabían que estos criminales todavía estaban en algún lugar, disfrutando del botín de sus ganancias malhabidas. Pero sin un solo avistamiento creíble o evidencia tangible, detenerlos parecía una tarea imposible.

A medida que su investigación se intensificaba, su delito contra la atención médica pintó un panorama aleccionador. Se dieron cuenta de que tres de cada cinco casos de fraude con los que se encontraban tenían un resultado inquietante común: los propietarios responsables desaparecían, dejando solo los sueños destrozados y las vidas devastadas de sus víctimas.

Esta realidad puso de relieve el inmenso desafío al que se enfrentaban Julián y Jackie. Estos delincuentes, impulsados por la codicia y el desprecio por el bienestar de los demás, planearon meticulosamente sus planes, acumularon ganancias malhabidas y luego desaparecieron sin dejar rastro cuando finalmente se descubrieron sus actividades fraudulentas.

Las víctimas, después de haber confiado a estas personas sin escrúpulos los ahorros o inversiones de toda su vida, fueron dejadas para recoger los pedazos, a menudo con pocos recursos o esperanzas de recuperar sus pérdidas. Este patrón puso de manifiesto la necesidad de contar con leyes más estrictas, mejores herramientas de investigación y una mayor colaboración entre las autoridades para combatir la creciente epidemia de delitos financieros.

A pesar de las estadísticas aleccionadoras, el Grupo de Trabajo de Miami no se inmutó. Impulsado por un firme compromiso de buscar justicia y hacer que estos delincuentes de cuello blanco rindan cuentas, el equipo sabía que su trabajo, aunque arduo, era esencial para proporcionar un cierre y restitución a aquellos cuyas vidas habían sido devastadas por las acciones de estos individuos sin escrúpulos.

De las 15 personas detenidas, cuatro eran potencialmente actores clave en una sola empresa que operaba dentro del condado de Dade. Se sospechaba que estas personas utilizaron cuatro empresas ficticias de equipos médicos duraderos para cobrar fraudulentamente al sistema médico la asombrosa cantidad de 25 millones de dólares por equipos que nunca se entregaron a los pacientes. Los sospechosos y sus oficinas se ajustan al patrón que los detectives habían estado siguiendo, lo que solidifica aún más su creencia de que eran parte de la organización del sindicato de Miami.

Con la difusión de la noticia de los arrestos, Gabriel rápidamente entró en acción. Consciente de la importancia de la próxima lectura de cargos, se puso en contacto con Michael. Su prioridad era asegurarse de que las cuatro personas tuvieran abogados competentes presentes durante la audiencia judicial, lo que les permitiera obtener una fianza.

El tiempo apremiaba, y Gabriel sabía que tenía que moverse rápido. Se puso en contacto con su red de abogados de defensa penal, explicó la situación y les pidió ayuda. Varios aceptaron estar en la audiencia.

Mientras tanto, los dedicados detectives revisaron meticulosamente un volumen abrumador de documentos, computadoras y transacciones bancarias incautadas durante las redadas. Cada pieza de evidencia fue escudriñada, catalogada y analizada en su incansable búsqueda de la verdad. Además, buscaron ayuda de la oficina de alquiler, con la esperanza de obtener valiosas imágenes de videovigilancia para arrojar luz sobre las operaciones criminales y potencialmente revelar a otras personas que habían frecuentado las instalaciones. Cada pista fue perseguida con una determinación inquebrantable.

Al mismo tiempo, los detectives emplearon un enfoque estratégico en el Centro Federal de Detención para recopilar más información de las personas arrestadas. Ejerciendo presión durante las entrevistas, trataron de descubrir información valiosa que pudiera ayudar a desentrañar el complot completo de las organizaciones ilícitas. La detective Jackie Ortiz notó con intriga que algunas de las personas arrestadas mostraban un dominio limitado del inglés, lo que indicaba una característica común y sugería que podrían ser miembros de una organización. El hecho de que muchos propietarios de empresas de suministros médicos hubieran residido en el país durante un período relativamente corto intrigó a los detectives, planteando preguntas sobre el modus operandi de los individuos y sus objetivos generales.

A medida que se desarrollaba la investigación, los detectives se encontraron a punto de descubrir el alcance total de las actividades de fraude de atención médica en Miami. Comprendieron la importancia de conectar todos los puntos, armando el rompecabezas que expondría la intrincada red de engaño y explotación del sindicato. La inminente lectura de cargos y los procedimientos legales posteriores presentaron una oportunidad crítica para recopilar más información y construir un caso más sólido contra los cerebros de la organización.

El grupo de trabajo permaneció vigilante, consciente de que su labor estaba lejos de terminar. Sabían que el desmantelamiento de la organización en Miami requería un compromiso inquebrantable y una búsqueda incansable de la verdad. Con cada día que pasaba, los detectives se acercaban más a descubrir el funcionamiento interno de estas organizaciones, decididos a exponer el alcance total de sus crímenes y asegurarse de que los responsables enfrentaran las consecuencias de sus acciones.

Los detectives Julián Pratt y Jackie Ortiz se apoyaron en su experiencia, intuición y determinación colectiva en medio de la incertidumbre. Estas organizaciones criminales habían permanecido esquivas, pero ahora el grupo de trabajo las tenía en la mira. A medida que profundizaban en el fraude de atención médica y los cerebros criminales detrás de él, estaban preparados para hacer todo lo necesario para desmantelar el imperio criminal y restaurar la justicia en el sistema de atención médica en el sur de Florida.

A medida que se desarrollaba la lectura de cargos, se podía cortar la hostilidad en la sala del tribunal con un cuchillo. Uno por uno, los acusados se presentaron ante el juez, cada uno declarándose inocente. Sus abogados presentaron argumentos, intentando asegurar bonos y resultados favorables para sus clientes.

Al otro lado del pasillo, el fiscal de los Estados Unidos, armado con una gran cantidad de evidencia y una firme determinación de buscar justicia, luchó vehementemente para mantener a cada individuo sin derecho a fianza, en espera de una fecha de juicio. La postura inquebrantable del fiscal refleja la gravedad de los cargos y la necesidad de garantizar la presencia de los acusados en sus próximos juicios.

El tira y afloja entre la defensa y la fiscalía fue intenso, y ambas partes hicieron apasionadas súplicas al juez. La defensa argumentó a favor de los derechos de su cliente, citando circunstancias atenuantes y la presunción de inocencia, mientras que el fiscal de los Estados Unidos respondió con el riesgo de fuga y el peligro potencial para la comunidad.

Mientras el juez consideraba cuidadosamente los argumentos, los acusados se sentaron en silencio, sus rostros delataban una mezcla de aprensión y desafío. La sala del tribunal estaba llena de la inconfundible fricción de la batalla legal que se desarrollaba, cada lado compitiendo por la ventaja.

Al final, las sentencias del juez reflejaron el delicado equilibrio entre la defensa de los derechos de los acusados y la garantía de la seguridad de la comunidad. A algunos acusados se les concedió la libertad bajo fianza, mientras que a otros se les dictó prisión preventiva, una decisión que daría forma a la trayectoria de los casos en el futuro.

El fiscal de los Estados Unidos, sin inmutarse, continuó adelante, decidido a llevar a estas personas ante la justicia a pesar de los desafíos que se avecinaban.

Los detectives Julián y Jackie intercambiaron una mirada cómplice. Entendieron que la lectura de cargos era solo el comienzo. La verdadera batalla estaba por delante mientras navegaban por aguas traicioneras, y cada uno de sus movimientos era examinado por aquellos que buscaban proteger los secretos de estas organizaciones. Pero estaban preparados. Con estrategia, ingenio y determinación inquebrantable, estaban preparados para exponer el funcionamiento interno de los criminales y garantizar que prevaleciera la justicia.

A medida que se asentaba el polvo de la lectura de cargos, el grupo de trabajo se sumergió más profundamente en el mar de evidencia recopilada durante las redadas. Su misión seguía siendo clara: desentrañar toda la trama de estas organizaciones y llevar a todos los implicados ante la justicia. Los innumerables documentos, computadoras y transacciones bancarias proporcionaban una gran cantidad de información, pero era como buscar una aguja en un pajar.

El grupo de trabajo revisó meticulosamente cada pieza de evidencia, con Julián Pratt vinculando las transacciones financieras con las personas involucradas. Siguieron el rastro del dinero, armando una compleja red de engaños financieros que se extendía mucho más allá de lo que habían anticipado inicialmente. Se hizo evidente que las operaciones del sindicato no se limitaban a unas pocas empresas fraudulentas de suministros médicos, sino más bien a una red en expansión que involucraba a varios actores en múltiples industrias.

Al mismo tiempo, el grupo de trabajo llevó a cabo extensas entrevistas con las personas arrestadas, ejerciendo presión para obtener cualquier información adicional que pudiera arrojar luz sobre el funcionamiento del círculo interno. Indagaron en sus conexiones, roles dentro de la organización y cualquier conocimiento que poseían sobre la escurridiza figura que hasta ahora había logrado evadir la captura. Cada entrevista era un baile delicado, que requería un equilibrio entre la coerción y la empatía para extraer la verdad.

A medida que Julián y Jackie profundizaban, descubrieron un patrón inquietante. Muchos propietarios de empresas de suministros médicos, incluidos los recientemente arrestados, habían residido en el país solo por un breve período. Esta revelación aumentó las sospechas de que una organización empleaba a personas transitorias, asegurándose de que pudieran desaparecer rápidamente en caso de que las fuerzas del orden se acercaran demasiado. Era una estrategia calculada que había permitido al sindicato mantenerse un paso por delante de sus perseguidores.

Las pruebas también apuntan a la explotación sistemática de personas vulnerables. Los pacientes que, sin saberlo, se habían convertido en peones en los planes del sindicato relataron experiencias similares. Habían sido contactados por teleoperadores prometiéndoles servicios y equipos médicos, solo para descubrir que nunca se les entregó nada. El sindicato se había aprovechado cruelmente de su confianza e información personal de salud, embolsándose los fondos destinados a su atención. Esta cruel traición dejó a los detectives aún más decididos a llevar al sindicato ante la justicia.

El grupo de trabajo conectó los puntos a medida que los días se convertían en semanas, creando una imagen completa de la organización criminal. Las pruebas los llevaron a través de un laberinto de identidades falsas, empresas fantasma y transacciones financieras ilícitas. Quedó claro que no se trataba simplemente de un caso de actividades fraudulentas aisladas, sino de una sofisticada empresa delictiva con tentáculos que llegaban a diversas industrias.

Con cada avance, el grupo de trabajo se acercaba más a la identificación de la escurridiza figura detrás de las operaciones del sindicato. Sabían que desenmascarar a este cerebro era crucial para desmantelar toda la red. La investigación consumió cada uno de sus momentos de vigilia, y su dedicación se mantuvo inquebrantable frente a los crecientes desafíos.

La batalla contra estos criminales estaba lejos de terminar. Los detectives eran plenamente conscientes de que su trabajo no había hecho más que empezar. Se prepararon para el arduo viaje que tenían por delante, entendiendo que acabar con esta sofisticada organización criminal requeriría persistencia, ingenio y compromiso.

A medida que perseguían su misión, los detectives Julián y Jackie Ortiz trabajaron incansablemente, elaborando estrategias y analizando cada pieza de información a medida que se desarrollaba. Estaban decididos a exponer el funcionamiento interno del sindicato de Miami y a hacer que todos los involucrados rindieran cuentas por sus crímenes.

La investigación los llevó a través de una enmarañada red de engaños y corrupción, y cada nueva pista revelaba capas más profundas de actividades criminales. Julián y Jackie permanecieron impávidos, armando meticulosamente el rompecabezas, impulsados por una determinación inquebrantable.

El camino por delante era traicionero, con poderosos adversarios que conspiraban para mantener ocultas sus actividades ilícitas. Pero los dos detectives se negaron a dejarse intimidar, avanzando sin descanso, con un enfoque asertivo, intransigente frente a las amenazas y los obstáculos.

A medida que se acercaban a sus objetivos, Julián y Jackie demostraron un compromiso con su causa, utilizando su agudo intelecto y destreza investigativa para burlar a los agentes del sindicato en todo momento. Había mucho en juego, pero nunca vacilaron, decididos a garantizar que quienes habían explotado el sistema se enfrentaran a todas las consecuencias de sus actos.

Capítulo 7

DESENTRAÑANDO LA RED

El memorándum del Congreso de los Estados Unidos a la oficina del fiscal de los Estados Unidos de Florida envió ondas de choque a través del grupo de trabajo de Miami que investiga el fraude de atención médica en el sur de la Florida. A medida que la magnitud de las redes criminales salió a la luz, los detectives se encontraron enfrentando un nuevo nivel de complejidad y peligro en su búsqueda de justicia.

"La participación del gobierno cubano en facilitar a los estafadores añade una capa de intriga", dijo Julián, con el ceño fruncido por la preocupación.

Jackie se reclinó en la silla, con expresión grave. "La única explicación plausible que puedo ver es que es simplemente una cuestión de hacer la vista gorda ante los fugitivos", respondió con franqueza.

Los dos detectives experimentados habían visto una buena cantidad de corrupción, pero este era un nivel completamente nuevo. El esquema de fraude en la atención médica era enorme, involucraba empresas ficticias, cuentas en el extranjero, con Miami como zona cero.

—Tienen que recibir algo a cambio —murmuró Julián, con la mente llena de posibilidades—. ¿Qué podría ganar el gobierno cubano protegiendo a estos criminales? —Jackie negó con la cabeza—. No lo sé, pero es complicado.

El memorándum también informó de una pérdida anual estimada de más de 2.000 millones de dólares debido al fraude, y la urgencia de actuar creció exponencialmente. El memorándum sirvió como un duro recordatorio de la magnitud del crimen y su impacto devastador en los contribuyentes y el sistema de salud en el sur de Florida. Fue un llamamiento a la acción, instando a las autoridades locales a redoblar sus esfuerzos y llevar a los responsables ante la justicia.

La determinación del grupo de trabajo fue inquebrantable, pero sus manos quedaron atadas cuando el juez no pudo acceder a su solicitud de revocar las fianzas de los sospechosos que probablemente escaparían. La ausencia de fundamentos jurídicos para tal solicitud pone de relieve la complejidad de la investigación. Sin embargo, este revés solo alimentó la determinación de los detectives de profundizar y descubrir la verdad.

A medida que la investigación llegaba a un momento crucial, los detectives comenzaron a confirmar sus hipótesis sobre la red criminal. Los sospechosos habían llegado al país en los últimos dos años, y su participación en el fraude sanitario y el blanqueo de capitales añadía otra capa de complejidad al caso. Los fondos ilícitos se ocultaron a través de varios métodos, lo que dificultó el rastreo de sus orígenes.

El grupo de trabajo intensificó su vigilancia sobre las personas liberadas bajo fianza, observando atentamente sus interacciones con otros vehículos y documentando pruebas cruciales. Los datos sobre las matrículas y la inteligencia recopilada de las operaciones encubiertas fueron clave para desentrañar el engaño que los sospechosos habían tejido cuidadosamente.

Conectar los puntos resultó ser meticuloso y requirió paciencia y precisión. El grupo de trabajo examinó montañas de datos, en busca de patrones y vínculos que los llevarían al corazón de las operaciones del sindicato de Miami. Cada pieza de evidencia era como un rompecabezas, esperando ser colocada en el lugar que le correspondía.

A medida que Julián Pratt y Jackie Ortiz profundizaron

en su análisis, hicieron un descubrimiento sorprendente. La información que habían recopilado no solo implicaba a los sospechosos en el esquema de fraude de atención médica, sino que también reveló vínculos con miembros de una notoria organización criminal con sede en Miami. La red se expandió, exponiendo tentáculos de corrupción y engaño que se extendían mucho más allá de sus sospechas iniciales.

El grupo de trabajo comprendió la gravedad de sus conclusiones y la necesidad de contar con la máxima discreción. Sabían que la organización criminal no se detendría ante nada para proteger sus intereses, y cualquier paso en falso podría poner en peligro la investigación y poner en riesgo vidas inocentes.

Con el rompecabezas tomando forma lentamente, el grupo de trabajo coordinó sus esfuerzos, ideando un plan para acabar con la red criminal de una vez por todas. Sabían que el camino por delante sería traicionero, pero estaban impulsados por su compromiso inquebrantable con la justicia y su deseo de proteger a los vulnerables.

Las pruebas recogidas durante la vigilancia proporcionaron el avance que tanto necesitaban, vinculando a los sospechosos con una notoria organización criminal que había evadido durante mucho tiempo el control de las fuerzas del orden. La revelación conmocionó al grupo de trabajo, confirmando sus peores temores: el alcance del sindicato se extendía mucho más de lo que habían imaginado inicialmente.

Como los detectives, Julián y Jackie sabían que su próximo movimiento sería crítico. Lo que estaba en juego era más importante que nunca, y cualquier paso en falso podía hacer que el sindicato volviera a escaparse de sus manos. Reunieron al equipo, con una determinación inquebrantable, y trazaron el plan que llevaría a los criminales ante la justicia.

El grupo de trabajo tuvo que andar con cuidado, navegando por un peligroso mundo de crimen y corrupción. Cada miembro del equipo comprendía los riesgos, pero se mantenía firme en su compromiso de proteger a los inocentes y restaurar la integridad del sistema de atención médica.

A medida que la luna colgaba baja en el cielo nocturno, el grupo de trabajo se reunió en su punto de encuentro designado. Julián Pratt sabía que esta operación podría ser el punto de inflexión en su investigación. Los sospechosos eran astutos e ingeniosos, y el elemento sorpresa sería su arma más potente.

Julián Pratt y Jackie Ortiz habían planeado meticulosamente cada redada, reuniendo información sobre las rutinas y vulnerabilidades de los sospechosos. Sabían que atrapar a los criminales con la guardia baja era crucial para garantizar una operación fluida y exitosa. El equipo se dividió en grupos, cada uno asignado a un objetivo diferente.

Todavía faltaban horas para los primeros rayos del amanecer, cuando el grupo de trabajo se acercó silenciosamente a los escondites de los sospechosos. La adrenalina corría por sus venas mientras se ponían su equipo táctico, listos para enfrentar lo que se les avecinaba. Con un último gesto de tranquilidad, entraron.

En el primer lugar, la residencia del sospechoso estaba en silencio, aparentemente inconsciente de la inminente tormenta. El equipo rodeó rápidamente el edificio, tomando posiciones estratégicas para cubrir todas las rutas de escape posibles. Con una señal sincronizada, irrumpieron por las puertas, gritando que todos bajaran.

En el interior, los sospechosos fueron tomados por sorpresa, sus rostros eran una mezcla de conmoción y miedo. Sus planes para evadir la justicia habían sido frustrados, y ahora se encontraban a merced de la ley. Julián Pratt y Jackie Ortiz se movieron con precisión, asegurando pruebas y deteniendo a los sospechosos.

En toda la ciudad, escenas similares se reprodujeron en cada lugar mientras el grupo de trabajo ejecutaba su plan bien coordinado. Cada redada requirió una toma de decisiones en una fracción de segundo, ya que los sospechosos intentaban huir u ocultar pruebas. Pero los detectives fueron implacables, su entrenamiento y experiencia los guiaron a través del caos.

Con cada redada exitosa, el grupo de trabajo se sentía

más seguro de que estaban desmantelando el corazón de la red criminal. Pero su trabajo estaba lejos de terminar. Los sospechosos eran solo peones en un juego mucho más grande, y los verdaderos titiriteros seguían ahí fuera, moviendo los hilos de las sombras.

A medida que los detectives armaban el rompecabezas, el velo que había ocultado las operaciones ilícitas comenzó a levantarse. La red de engaños que había atrapado a innumerables víctimas ahora se estaba desentrañando, revelando los verdaderos rostros detrás del esquema de lavado de dinero de fraude en la atención médica.

Al salir el sol, los detectives quedaron conmocionados por los documentos incautados. Un libro de contabilidad lleno de meticulosos registros del dinero adeudado y por cobrar se destacaba. Un nombre apareció repetidamente: PMC. Se enumeró junto a importantes sumas de dinero. Los detectives intercambiaron una mirada, sus sospechas se dispararon. Era más que obvio: se trataba de una operación de sindicato afinada con un vínculo claro entre PMC y las transacciones monetarias.

Más abajo en la lista, otro nombre llamó su atención: un restaurante en La Pequeña Habana. La cocina cubana de Raúl.

Sin dudarlo, Julián y Jackie decidieron que este restaurante sería el punto de partida perfecto para su operación de investigación y vigilancia del Sindicato de

Miami. Sabían que sería una presa fácil, un blanco fácil que probablemente tenía sus dedos en todo tipo de actividades ilícitas.

Necesitaban seguir el rastro, desentrañar el misterio y ver a dónde conducía. Fuera lo que fuera lo que estaba pasando, estaba destinado a ser grande y potencialmente peligroso.

Con el sol ahora alto en el cielo, el grupo de trabajo regresó a su cuartel general, listo para profundizar en su investigación. Las pruebas que habían incautado durante las redadas eran solo el comienzo: un vistazo a la compleja red que había plagado el sur de Florida.

Julián y el resto del equipo sabían que su viaje para acabar con el sindicato de Miami estaba lejos de terminar. Los criminales que habían aprehendido eran solo una pequeña parte de un rompecabezas más grande, y estaban preparados para hacer lo que fuera necesario para exponer a los verdaderos cerebros detrás del fraude de atención médica y el esquema de lavado de dinero.

A medida que el día se convertía en noche, el grupo de trabajo continuó su trabajo en las sombras, con una determinación inquebrantable. Sabían que la lucha por la justicia era ardua, pero estaban impulsados por el conocimiento de que sus esfuerzos protegerían innumerables vidas inocentes y restaurarían la integridad del sistema de atención médica en el sur de la Florida.

Con cada día que pasaba, se acercaban más a la verdad, un paso más cerca de poner de rodillas al sindicato de Miami. Mientras persistiera la oscuridad, el grupo de trabajo estaría allí, listo para arrojar luz y desvelar los secretos que habían estado ocultos durante demasiado tiempo.

Capítulo 8

UNA ALIANZA RETORCIDA

A medida que se intensificaba la investigación sobre el sindicato de Miami, el grupo de trabajo se enfrentó a adversarios formidables y a una lucha interna que puso a prueba los cimientos de su unidad. La revelación de un posible topo dentro de sus filas envió ondas de choque a través del equipo, dejándolos desconfiados unos de otros e inseguros en quién podían confiar. En tiempos de crisis, su fortaleza como equipo era más crítica que nunca. Cada detective sabía que tenía que dejar de lado sus dudas y sospechas para centrarse en su objetivo común: desmantelar la red criminal responsable del fraude sanitario en el sur de Florida. Comprendieron que el poder de su esfuerzo colectivo superaba con creces cualquier contribución individual.

Julián Pratt y Jackie Ortiz, como detectives principales del grupo de trabajo, se encargaron de levantar el ánimo del equipo y reforzar el vínculo que los mantenía unidos. Organizaron ejercicios de formación de equipos, fomentando la comunicación abierta y fomentando un ambiente de confianza y apoyo. Les recordaron a sus compañeros detectives que todos estaban juntos en esta lucha, hombro con hombro contra aquellos que buscaban explotar a los vulnerables.

En sus momentos más oscuros, el grupo de trabajo se apoyó mutuamente en busca de apoyo. Compartieron sus miedos y vulnerabilidades, reconociendo que sentirse inseguros ante tal traición era natural. Pero también se recordaron mutuamente las innumerables vidas que podían salvar y el impacto que podían tener en la restauración de la integridad del sistema de salud.

A pesar de las sombras del engaño que se cernían sobre sus cabezas, el grupo de trabajo se negó a sucumbir al miedo o la desesperación. Sacaban fuerzas de saber que su causa era justa y que su dedicación a la verdad prevalecería. Sabían que la adversidad podía destrozarlos o fortalecer su determinación, y eligieron lo segundo.

Durante su vigilancia en Raúl's Cuban Cuisine, notaron que uno de los suyos entraba varias veces al establecimiento y hablaba con el propietario. ¿Podría ser una coincidencia o estaba sucediendo algo más a puerta cerrada?

El grupo de trabajo observó atentamente cómo el detective Scott Anderson, un detective experimentado de unos 50 años con una complexión, bigote y barba promedio, ingresó al restaurante por tercera vez esa semana. Parecía informal, incluso amigable, mientras conversaba con el propietario y el personal. La incertidumbre se apoderó del equipo cuando se dieron cuenta de que sus secretos más íntimos podrían haberse visto comprometidos.

La investigación sobre el fraude en la atención médica en el sur de la Florida avanzaba sin problemas, o eso parecía. El detective Julián Pratt había estado trabajando incansablemente para desentrañar la enmarañada red de actividades ilícitas, sin dejar piedra sin remover.

Mientras tanto, los patrones y comportamientos de los sospechosos se convirtieron en un punto focal en la investigación. Los detectives notaron un hilo común: los sospechosos frecuentaban el restaurante Raúl cerca del centro de Miami.

Raúl Domínguez, un hombre latino de poco más de 60 años, con un poco de sobrepeso y aparentemente modesto, era conocido por organizar eventos benéficos a los que asistían políticos locales y agentes de la ley. Los detectives vigilaban de cerca sus restaurantes, monitoreando cuidadosamente sus actividades. No pasó mucho tiempo antes de que vieran a un hombre bien vestido en un elegante Mercedes-Benz 500SL negro, interactuando constantemente con los propietarios y el personal, casi como si fuera el dueño del lugar.

Este individuo, elegantemente vestido, se convirtió inmediatamente en una persona de interés, en un objetivo de su investigación. Lo observaron haciendo visitas frecuentes, entablando conversaciones en voz baja e intercambiando lo que parecían ser grandes sumas de dinero en efectivo. Los detectives no pudieron evitar preguntarse sobre su relación con Raúl, el dueño del restaurante.

A medida que profundizaban, surgió un patrón. El hombre del Mercedes parecía tener una extraña influencia sobre los distintos establecimientos, casi como si estuviera tomando las decisiones. Los detectives sospechaban que podría estar involucrado en actividades ilícitas, posiblemente utilizando los restaurantes como fachadas para una empresa criminal más grande.

Trabajando incansablemente para reunir más pruebas, Julián y Jackie se adentraron más en el turbio mundo del engaño y la traición, con la esperanza de detectar cualquier interacción incriminatoria. Una noche, escondidos en una camioneta sin identificación, vieron a políticos y personal policial entrar al restaurante para uno de los eventos benéficos. Entre ellos estaba el detective Anderson, que provocó un escalofrío en la espalda de Jackie.

La visión provocó un tenso intercambio de miradas entre

Jackie y Julián, quienes compartían su aprensión. A medida que avanzaba el evento benéfico, continuaron observando, con los sentidos en alerta máxima. La camaradería entre el detective Anderson y el dueño del restaurante parecía demasiado ensayada, demasiado casual.

—Tenemos que enfrentarnos a él —susurró Jackie, apenas audible. Julián asintió, con la mandíbula apretada por la determinación—. No podemos permitir que esto continúe. Esperemos el momento adecuado.

A medida que avanzaba la noche, esperaron su momento, buscando la oportunidad perfecta para enfrentarse al presunto traidor sin despertar sospechas. Sus corazones latían con anticipación y aprensión, sabiendo que sus acciones podrían vindicar a su colega o desvelar a un traidor.

La participación de Raúl Dimínguez en eventos benéficos para políticos y fuerzas del orden enmascaró una verdad más oscura: sus vínculos con el submundo criminal eran profundos. Ahora, con los documentos incautados que revelan transacciones de dinero, surgieron preguntas sobre las motivaciones de la PMC y sus beneficios para los políticos.

El establecimiento del propietario del restaurante sirvió como refugio para los políticos y el personal encargado de hacer cumplir la ley, fomentando un ambiente donde los asuntos delicados podían discutirse libremente.

Un agente de la fuerza de Miami se encontró atrapado en esta red de engaños. Las crecientes deudas de juego dejaron vulnerable al detective Anderson, y el dueño del restaurante vio la oportunidad de explotar su precaria situación.

Atrapado y desesperado por borrar sus deudas mientras preservaba su reputación, el detective Anderson recurrió al dueño del restaurante en busca de alivio financiero. Sin que él lo supiera, el costo de este trato era su lealtad a la red criminal.

A cambio de ayuda financiera, sin saberlo, se convirtió en un conducto de información confidencial, proporcionando al sindicato información crítica sobre la investigación del grupo de trabajo.

Capítulo 9

EL ENGAÑO DESENTRAÑADO

El grupo de trabajo se encontró en un momento crucial en su investigación del sindicato de Miami. A pesar de la impactante revelación de la existencia de un topo en sus filas, su determinación de desmantelar la red criminal se mantuvo firme.

Al profundizar en los intrincados rastros de papel y los flujos de dinero, los detectives Julián y Jackie centraron sus esfuerzos en varias oficinas de facturación médica asociadas con las compañías de suministros médicos fraudulentas. Su objetivo era determinar si estas oficinas eran cómplices de la estafa o simplemente desconocían las actividades ilícitas del sindicato.

El elegante Mercedes 500SL negro de Michael se había convertido en un emblema de poder e influencia dentro del sindicato de Miami. Su presencia en numerosas escenas del crimen levantó sospechas entre el grupo de trabajo, lo que convirtió a Michael en un sospechoso clave en su investigación. Intensificando sus esfuerzos de vigilancia, los detectives estaban decididos a atraparlo con las manos en la masa y llevarlo ante la justicia.

Su afiliación con el restaurante de Raúl, sospechoso de ser una fachada para el sindicato, no hizo más que aumentar las pruebas en su contra. Raúl se había posicionado astutamente como una figura respetada de la comunidad, organizando eventos benéficos que atraían la atención de los políticos locales y las fuerzas del orden.

La asociación de Michael con el restaurante le proporcionó una forma conveniente para interactuar abiertamente con políticos y funcionarios encargados de hacer cumplir la ley. Investigaciones posteriores revelaron que algunas de estas interacciones involucraron el intercambio de información confidencial, lo que profundizó las sospechas sobre los motivos de Michael.

El detective Julián estaba decidido a descubrir el papel de Michael dentro del Sindicato de Miami. Reunió un equipo de vigilancia calificado que le reportaba directamente a él, con la tarea de documentar meticulosamente cada visita de

Michael al restaurante.

El equipo a veces seguía a Michael, siguiéndolo a las reuniones con el notorio Raúl Domínguez y otros personajes sospechosos. Los observaron en conversaciones secretas, notando las miradas sospechosas que insinuaban lo mucho que estaba en juego.

A medida que los días se convertían en semanas, los esfuerzos de vigilancia se intensificaron, revelando un patrón discernible en el comportamiento de Michael. El restaurante se convirtió en un punto de encuentro constante, donde Michael se reunía con sus asociados y realizaba llamadas telefónicas crípticas en rincones apartados. El detective Julián y su equipo estaban seguros de que estaban en el camino correcto.

Sin embargo, atrapar a Michael en el acto resultó más difícil de lo previsto. Era cauteloso y calculador, siempre evadiendo la participación directa en actividades ilegales. Los detectives tuvieron que ser pacientes, esperando el momento adecuado para atacar.

Sus incansables esfuerzos los llevaron a observar a Michael conversando con el gerente de una casa de cambio, lo que generó más sospechas sobre el lavado de dinero. El grupo de trabajo actuó rápidamente, asegurando citaciones del fiscal del estado para acceder a los registros bancarios de la casa de cambio. Sabían que se estaban acercando al sindicato de Miami, y cada pieza de evidencia era crucial.

En el mundo de las operaciones encubiertas, la línea entre el bien y el mal a menudo se difumina. Gabriel, el enigmático líder del sindicato de Miami, se encontró en una encrucijada, rompiendo su propia regla cardinal para permanecer invisible.

La mente de Gabriel se aceleró mientras tomaba su teléfono y marcaba al capitán del barco, Carlos Hernández. El peso de su inminente huida flotaba en el aire. Conocía los riesgos que implicaba, pero ya no había vuelta atrás.

—Capitán Hernández, es Gabriel —dijo, con la voz rebotando de expectación—.

—Gabriel, amigo mío —respondió calurosamente el capitán Hernández—. ¿Qué puedo hacer por ti?

—Necesito sacar a los cuatro individuos del país —dijo Gabriel en voz baja—. No podemos permitirnos que sean juzgados aquí. Necesitamos llevarlos a Cuba.

El capitán Hernández vaciló un momento antes de responder: "Usted sabe los riesgos que corremos sin una planificación adecuada, Gabriel".

—Entiendo, capitán —respondió Gabriel, con determinación brillando en sus ojos—. Pero no podemos dejarlos aquí para que afronten las consecuencias. Recuerda, esto es lo que hacemos. Debemos hacer esto por el sindicato y por nuestra supervivencia.

El capitán Hernández suspiró, dándose cuenta de la gravedad de la situación. —Está bien, lo haré, aunque me has dado poco tiempo para prepararme. Tenemos que esperar el momento adecuado. No arriesgaré la seguridad de mi tripulación y del barco a menos que tengamos un camino despejado.

Gabriel asintió, su gratitud evidente. —Gracias, capitán. Os mantendré informados de la situación. Avísame cuando estés listo para irte.

Al terminar la llamada, Gabriel sintió una mezcla de alivio y ansiedad. Sabía que estaban jugando un juego peligroso sin planes futuros. Era un trabajo apresurado, pero era un riesgo que tenían que correr. Los individuos eran cabos sueltos que necesitaban ser atados antes de que pudieran amenazar las operaciones del sindicato.

Sin embargo, sus planes se enfrentaron a un obstáculo inesperado. Las noticias de última hora revelaron que el gobierno cubano había arrestado a varios funcionarios deshonestos involucrados en un esquema para hacer dinero con organizaciones de Miami. En respuesta, Cuba declaró que no extraditaría a sus ciudadanos, pero cualquier persona que fuera sorprendida con grandes cantidades de dinero enfrentaría graves consecuencias.

La noticia de los arrestos del gobierno cubano se extendió como un reguero de pólvora por las calles de Miami, enviando ondas de choque de pánico e incertidumbre.

Gabriel y Michael se enfrentaron a un obstáculo inesperado que amenazaba con descarrilar sus planes.

"Ya no podemos viajar libremente a Cuba", murmuró Michael, con frustración evidente en su voz. "Con el gobierno cubano tomando medidas enérgicas contra sus funcionarios, es demasiado arriesgado".

Gabriel frunció el ceño mientras caminaba de un lado a otro, su mente se apresuraba a buscar una solución alternativa. "Tampoco podemos permitir que sean juzgados aquí", dijo con firmeza. "Necesitamos sacarlos del país antes de su fecha de audiencia".

Michael observó cómo se desarrollaba la situación con un sentido de urgencia. El giro imprevisto de los acontecimientos exigía una acción rápida para proteger sus intereses. No había lugar para la vacilación o la indecisión.

—Tengo una idea —dijo Gabriel con voz firme y determinación—. Tenemos conexiones en Chicago. Podemos organizar nuevas identidades y un paso seguro para las personas a un lugar donde no puedan ser rastreadas hasta nosotros.

Gabriel se volvió hacia Michael, con un destello de esperanza en sus ojos. "Eso podría funcionar", dijo. "Debemos actuar rápidamente antes de que las autoridades se enteren de nuestro plan".

A medida que el sindicato movilizaba sus recursos,

Gabriel se puso en contacto con su amigo en Chicago. "Tenemos a cuatro individuos que necesitan nuevas identidades y una forma de salir del país", explicó Gabriel a través de una línea encriptada. "¿Puedes hacer que suceda?"

Su contacto dudó un momento antes de responder: "No será fácil y no será barato. Pero por el precio correcto, puedo arreglar todo".

El dinero no era un problema para el sindicato. Habían amasado una riqueza considerable a través de esquemas fraudulentos y estaban dispuestos a pagar lo que fuera necesario para asegurar su supervivencia.

A medida que pasaban las horas, el equipo del sindicato trabajó incansablemente para finalizar los arreglos. Se aseguraron pasaportes falsos, nuevas identidades y transporte discreto, todo al amparo de la oscuridad.

"La casa de seguridad estará lista en México", agregó el hombre. "Y tendré a mis contactos a la espera para brindar protección y apoyo".

Una semana antes de la fecha de la corte, las cuatro personas se reunieron en un lugar apartado, con el corazón latiendo con miedo y anticipación. Michael se dirigió a ellos con una expresión decidida, asegurándoles su seguridad.

—Lo hemos arreglado todo —dijo Michael, con voz firme—. Serán transportado a un lugar donde puedan empezar de nuevo, lejos de los ojos de las autoridades.

Los individuos expresaron su gratitud, sabiendo que sus vidas estaban ahora en manos del sindicato. Se subieron a una autocaravana que los llevaría a su nuevo destino, lejos de las garras de la ley.

El alivio se apoderó de Michael mientras el vehículo se alejaba en la noche. Habían navegado con éxito por un camino traicionero, asegurándose de que los individuos nunca testificaran contra ellos.

Sin embargo, sabían que sus problemas estaban lejos de terminar. El grupo de trabajo todavía les pisaba los talones.

Al salir el sol el día de la cita en el tribunal, el futuro del sindicato pendía de un hilo. Sabían que las autoridades no abandonarían su búsqueda fácilmente, y la batalla por la supervivencia no había hecho más que empezar.

Gabriel y Michael estaban uno al lado del otro, con expresiones resueltas e inquebrantables. Sabían que su organización se enfrentaba a desafíos sin precedentes, pero estaban decididos a superarlos.

—Capearemos esta tormenta —dijo Gabriel, con la voz llena de convicción—. Hemos superado obstáculos antes y lo volveremos a hacer.

Michael asintió con un brillo acerado en sus ojos. "Juntos somos más fuertes", dijo. "Y no dejaremos que nadie nos derribe".

La batalla por la supervivencia del sindicato de Miami había llegado a una coyuntura crítica. La traición, el engaño y el peligro acechaban en cada esquina, pero el sindicato estaba decidido a proteger su imperio a toda costa. Con la vista puesta en el futuro, Gabriel, Michael y la PMC estaban listos para enfrentar cualquier desafío que se les presentara.

Capítulo 10

DESENREDANDO LOS HILOS DEL ENGAÑO

A medida que aumentaba la presión sobre Gabriel y Michael, se encontraron navegando por un camino traicionero, tratando de mantener su organización a flote en medio del caos y la posibilidad de que hubieran perdido su red de seguridad cubana. Con el gobierno cubano tomando medidas enérgicas contra sus funcionarios, ya no podían confiar en la ruta de escape fácil que alguna vez tuvieron. Necesitaban un nuevo plan, y lo necesitaban rápido.

"No podemos arriesgarnos a que los individuos regresen a Cuba con su dinero ahora", dijo Gabriel, profundamente preocupado. "Tenemos que encontrar otra forma de sacarlos del país sin llamar la atención".

Michael asintió, su mente ya estaba llena de posibilidades. "No podemos entrar andando a cualquier aeropuerto. Eso es demasiado arriesgado", dijo. "Pero tenemos otras conexiones que podrían ayudarnos".

Los dos fundadores de PMC se acurrucaron, elaboraron estrategias y pensaron en la sala de estar del apartamento de Gabriel mientras bebían una botella de bourbon Wood Reserve. Discutieron varias opciones, sopesando los riesgos y las recompensas de cada una.

Mientras deliberaban, Gabriel y Michael consideraron la posibilidad de organizar transporte privado para las personas que necesitaban salir del país. Sabían que tenían que planificar meticulosamente para evitar ser detectados. Necesitaban un método que los mantuviera fuera de la red y lejos de las miradas indiscretas de las fuerzas del orden.

—No podemos depender de las aerolíneas comerciales ni de ningún medio de transporte público —dijo Gabriel en voz baja y cautelosa—. Necesitamos algo que no levante sospechas y que opere fuera de los canales regulares.

Gabriel se estaba desesperando. Se acercaba la fecha de la corte y tenía que sacar a su gente del país rápidamente. Tenía un alijo de dinero en efectivo y cuatro personas que necesitaban nuevas identidades. Llamó a un viejo amigo en Chicago y fue directo al grano.

—Oye, hombre, necesito un favor. ¿Puedes conectarme? Necesito una buena conexión en México. Tengo cuatro personas que necesitan cruzar la frontera, y también necesito documentos falsos y una casa segura para que se queden.

—Dame 24 horas. Te enviaré un mensaje de texto con los detalles. Solo prepárate para moverte rápido cuando llegue el momento, —respondió su amigo.

Gabriel colgó el teléfono, con el corazón acelerado. Tenía que actuar rápido y confiar en que su amigo saldría adelante. Ya no había vuelta atrás.

Al día siguiente, Gabriel recibió la llamada que había estado esperando. Su amigo proporcionó los detalles sobre dónde encontrarse con la persona de contacto. Iba a ser cerca de la frontera, en un pequeño hotel, donde obtendría los documentos falsos necesarios para cruzar y moverse libremente por México.

"La casa de seguridad estará lista en México", le aseguró su amigo. "Y tendré a mis contactos a la espera para brindar protección y apoyo".

Gabriel sintió una mezcla de alivio y ansiedad. Sabía que estaban jugando un juego peligroso, pero era un riesgo que tenían que correr para asegurar su supervivencia.

—Confiamos en ti —dijo Gabriel con gratitud en su voz—. Me estás salvando con esta operación.

El hombre se rio y respondió con voz firme y segura: "Mantenme informado. Siempre estaremos aquí para usted, a solo una llamada de distancia. Cuídate, Gabriel. Estás en buenas manos".

Gabriel y Michael intercambiaron un gesto de asentimiento y su determinación se fortaleció. Habían llegado hasta aquí, y llevarían el plan hasta el final. Con la ayuda del hombre y el apoyo de la organización mexicana, tuvieron una oportunidad de luchar para ejecutar su operación con éxito.

Michael ordenó a uno de los miembros de la PMC que comenzara a reunir a los individuos. Les explicó que se irían en cuestión de horas y les aseguró que todo iba a estar bien.

Gabriel sabía que el camino que tenían por delante era traicionero y tenían que permanecer atentos. Pero con su nuevo aliado a su lado, tenían un rayo de esperanza de que su operación tendría éxito.

Escucha, Michael, también tenemos que estructurar nuestra organización aquí en casa, tenemos que volver a lo básico, el peso de ese pensamiento flota pesadamente en el aire. La posible pérdida de sus conexiones cubanas se cernía sobre ellos, obligando a una reevaluación de toda su operación.

—Tenemos que adaptarnos —dijo Gabriel, tamborileando nerviosamente con los dedos sobre la encimera—. Las viejas formas podrían ser nuestra única opción ahora.

Michael asintió, con los ojos distantes. "Reclutar a los lugareños. Es arriesgado pero necesario".

Comenzaron a rastrear su red, identificando a posibles candidatos lo suficientemente desesperados como para huir del país. Cada nombre añadido a su lista representaba una vida que desarraigarían, un futuro que alterarían irrevocablemente.

A medida que su plan tomaba forma, las implicaciones morales de sus acciones se volvieron imposibles de ignorar. Ofrecían una vía de escape, sí, pero ¿a qué precio? La promesa de nunca regresar a los Estados Unidos y vivir como fugitivos en Cuba, pesaba mucho en sus conciencias.

Mientras tanto, el grupo de trabajo de Miami se acurrucaba en su centro de comando, con los ojos fijos en las imágenes de vigilancia de varios lugares, especialmente el restaurante de Raúl y la casa de cambio. Entre los sospechosos a los que seguían de cerca, un nombre subía constantemente a la cima de la lista: Michael. Él era la figura central en su perfil criminal, conectando todas las piezas del intrincado rompecabezas que estaban tratando de resolver.

A medida que estudiaban la evidencia y analizaban los datos, se hizo evidente que Michael ocupaba una posición prominente en el sindicato. Parecía ser el cerebro detrás de la operación, orquestando meticulosamente las actividades fraudulentas. Los detectives Julián y Jackie sabían que acabar con él sería crucial para desmantelar la red criminal.

"Es el capo", comentó un detective, mirando a sus colegas, quienes asintieron con la cabeza. "Si podemos atraparlo, tendremos una mejor oportunidad de descubrir el alcance total de su operación".

Sabían que tenían que ser cautelosos. Michael era astuto, y cualquier paso en falso podía alertarlo, enviando a todo el sindicato a un frenesí. Los detectives elaboraron una estrategia, contemplando su próximo movimiento.

"Visita a menudo el restaurante de Raúl en La Pequeña Habana", dijo otro detective. "Tenemos que vigilar de cerca ese lugar. Podría ser nuestra clave para llegar a él".

El restaurante de Raúl se había convertido en un punto focal en su investigación. Parecía más que un lugar para cenar. Era un centro donde se intercambiaban conexiones y secretos. Los detectives sabían que si podían desentrañar los misterios que rodeaban al restaurante, podrían descubrir la escurridiza red de actividades criminales.

La vigilancia se intensificó, y los detectives se turnaron para vigilar el restaurante durante todo el día. Observaron las interacciones de los clientes y el personal, en busca de signos de actividad sospechosa.

"Está ahí", susurró un detective, con los ojos fijos en la transmisión en vivo. "Michael acaba de entrar".

Todos se inclinaron, su concentración se agudizó mientras veían a Michael entrar en el restaurante. Se movía con confianza, intercambiando saludos con el personal mientras se dirigía a una cabina de la esquina.

—Se va a reunir con alguien —rio el detective—. El tipo le está engañando a su esposa.

Observaron atentamente cómo Michael saludaba a su compañera, una mujer latina bajita y de cuerpo medio con cabello rubio de 5' 6", tal como habían sospechado. Los detectives se esforzaron por escuchar su conversación, recogiendo pedazos y pedazos a través de los insectos que habían plantado.

"Este es un caso delicado", advirtió el detective principal. "Tenemos que tener cuidado de no sacar conclusiones precipitadas. Por lo que sabemos, podría tratarse de una reunión de negocios o de un encuentro sexual".

Cuando Michael y la joven terminaron su almuerzo, salieron al estacionamiento, con el corazón acelerado por la anticipación. Sin dudarlo un momento, se acercaron y entrelazaron los labios en un abrazo apasionado, sus cuerpos se entrelazaron mientras el mundo a su alrededor se desvanecía.

Sin aliento, y mirándose a los ojos con una intensidad recién descubierta, se apresuraron hacia el elegante Mercedes de Michael, ansiosos por continuar su encuentro íntimo en privado.

El motor rugió a la vida cuando Michael y Betty salieron del estacionamiento del restaurante. Su apasionado beso había encendido un fuego dentro de ellos, consumidos por una necesidad desesperada de privacidad.

Michael recorría las calles de la ciudad con urgencia, mientras los dedos de Betty trazaban patrones en sus brazos y pecho. El aire estaba cargado de expectación, el aroma persistente de su pasión flotaba en el vehículo. La tensión se desató entre ellos: meses de miradas robadas y deseos reprimidos que finalmente llegaron a un punto de ruptura. El perfume de Betty llenaba el aire, embriagando a Michael con cada respiración. Apretó el volante con anticipación.

Su destino era desconocido, pero poco importaba. Lo único que consumía sus pensamientos era el ardiente deseo de estar solos, de perderse en una maraña de miembros y susurros de afecto. Los edificios de la ciudad pasaban difuminados mientras conducían, con los latidos de sus corazones acelerados. En cuestión de minutos, habían dejado atrás las bulliciosas calles, encontrando consuelo en un hotel aislado, un santuario privado, para finalmente entregarse a su pasión, sin interrupciones.

El corazón de Betty se aceleró cuando entró en la habitación del hotel, con Michael siguiéndola de cerca. El aire zumbaba con energía, su deseo tácito finalmente se hizo voz. Sus ojos se cruzaron, un entendimiento silencioso pasó entre ellos. En un instante, chocaron, los labios se encontraron en un frenesí apasionado. Las manos vagaban desesperadamente, los dedos se enredaban en el pelo y se aferraban a la ropa.

A medida que las prendas caían, saboreaban cada centímetro de piel recién revelado. Betty jadeó mientras los labios de Michael recorrían su clavícula, sus dedos se clavaban en sus hombros. Cayeron sobre la cama, con los cuerpos enzarzados en un abrazo y suspiros sin aliento. En la penumbra, se exploraban mutuamente con reverencia y urgencia. Betty se arqueó bajo el toque de Michael, su cuerpo cantando de placer. Adoraba sus curvas, memorizando cada caída y cada valle.

Sus movimientos se volvieron más frenéticos, impulsados por una necesidad primaria. Susurros cariñosos se mezclaban con gritos apasionados mientras se perdían en la sensación. El mundo exterior dejó de existir; Solo existía esta habitación, este momento, esta conexión. Cuando llegaron juntos a la cima, Betty gritó el nombre de Michael. Él la abrazó fuertemente, sus cuerpos temblando por las secuelas. Yacían entrelazados, disfrutando del resplandor del crepúsculo, ninguno de los dos estaba dispuesto a romper el hechizo.

En el silencio que siguió, la realidad comenzó a filtrarse de nuevo. Betty trazó patrones en el pecho de Michael, su mente se aceleró. ¿Qué nos deparará el mañana? Por ahora, dejó esos pensamientos a un lado, decidida a saborear cada segundo que le quedaba de su momento robado.

El corazón de Betty se aceleró mientras miraba a los hipnotizantes ojos de Michael, sintiendo que el mundo a su alrededor se desvanecía. La intensidad de su mirada encendió un fuego dentro de ella, y se encontró perdida en las profundidades de su alma. Cada fibra de su ser anhelaba permanecer en este momento perfecto, congelar el tiempo y disfrutar de la conexión eléctrica que compartían.

Pero la realidad se le vino encima como un maremoto. El peso de su anillo de boda se sintió de repente pesado en su dedo, un duro recordatorio de los votos que le había hecho a Randy Ramos. La culpa y el deseo luchaban dentro de ella mientras apartaba los ojos de la cara de Michael a regañadientes.

"Yo... Tengo que irme —susurró Betty, con la voz temblorosa por la emoción—. Necesito volver con mi esposo".

Con cada paso que daba hacia el baño, Betty se sentía como si estuviera caminando a través de melaza. Su cuerpo le gritaba que se diera la vuelta, que corriera a los brazos de Michael, y malditas fueran las consecuencias. Pero su sentido del deber la impulsó hacia delante, incluso cuando su corazón se rompía con cada centímetro de distancia entre ellos.

Al entrar en la ducha, el agua caliente caía en cascada sobre ella, mezclándose con las lágrimas que ya no podía contener. Betty se apoyó en las frías baldosas, su mente era un torbellino de emociones contradictorias. El vapor la envolvió, y se imaginó que borraba los rastros persistentes del tacto de Michael, el aroma de su colonia, el recuerdo de sus labios tan cerca de los suyos.

Pero incluso mientras se frotaba la piel en carne viva, Betty sabía que ninguna cantidad de agua podía limpiarla de la pasión que ahora corría por sus venas. Mientras se preparaban para irse, ella se armó de valor para la inevitable angustia, sabiendo que una parte de ella permanecería para siempre en esa habitación, perdida en las profundidades de su cautivadora mirada.

Michael y Betty salieron de la habitación del hotel, sus pasos resonando en el pasillo vacío. El viaje en ascensor fue tenso, sin que ninguno se atreviera a romper el pesado silencio entre ellos. Cuando entraron en el estacionamiento, el aire ventoso hizo poco para aliviar la intensidad ardiente de sus pensamientos.

Michael agarró el volante mientras recorría las calles de la ciudad de regreso al restaurante. El motor del coche zumbaba, en marcado contraste con el silencio ensordecedor entre él y Betty. Su perfume embriagador llenaba el aire, cada aliento era un recordatorio agridulce de sus momentos robados juntos.

Miró a Betty, captando su atención durante un breve y cargado momento. El recuerdo de sus labios sobre los suyos, sus dedos arrastrando fuego por su piel, amenazaba con abrumarlo. Michael se obligó a concentrarse en la carretera, pero sus pensamientos seguían vagando hacia su cita ilícita.

A medida que se acercaban al estacionamiento donde esperaba el auto de Betty, la ansiedad de Michael alcanzó su punto máximo. ¿Y si alguien los hubiera visto? ¿Y si la noticia llegaba a su esposo Randy? Las posibles consecuencias se avecinaban, no solo para sus negocios, sino también para las vidas que habían construido.

De repente, la mano de Betty cubrió la suya en la palanca de cambios, enviando una sacudida a través de él. —Michael —susurró ella, con la voz ronca por la emoción—. Se volvió hacia ella, viendo en sus ojos el mismo conflicto que sentía en su corazón.

Se detuvieron en el estacionamiento del restaurante y el auto se detuvo. Durante un largo momento, ninguno de los dos se movió. El aire crepitaba con una tensión no resuelta y un deseo persistente. Michael sabía que debía terminar aquí, alejarse y nunca mirar atrás. Pero cuando Betty se inclinó, sus labios rozando su oreja, se dio cuenta con temor y emoción de que esto estaba lejos de terminar.

— ¿A la misma hora la semana que viene? — suspiró ella, provocando escalofríos en su espalda. Michael asintió, incapaz de resistir el tirón entre ellos, incluso mientras maldecía en silencio su debilidad. Cuando Betty se deslizó fuera del coche y desapareció en una calle lateral, Michael se sentó inmóvil, dividido entre el arrepentimiento y la anticipación, sabiendo que su peligroso romance no había hecho más que empezar.

Pero en el fondo, Michael sabía que lo que había hecho estaba mal, una traición a la confianza en muchos niveles. Pero en ese momento, con los labios de Betty en los suyos y las manos de ella recorriendo su cuerpo, todo pensamiento racional había huido. La naturaleza prohibida de su encuentro no había hecho más que aumentar la intensidad, la cruda pasión que se encendía entre ellos.

Ahora, a medida que la adrenalina disminuía, Michael se quedó con un profundo sentimiento de culpa. Había comprometido su integridad y sus relaciones profesionales por un placer carnal fugaz. El peso de sus acciones amenazaba con aplastarlo, y las consecuencias se avecinaban.

Sin embargo, por mucho que lo intentara, Michael no podía apartar el recuerdo de la caricia de Betty, la forma en que ella lo había mirado con los ojos encendidos por la necesidad desenfrenada. Una parte de él anhelaba dar la vuelta al coche, volver a buscarla, perderse en su abrazo una vez más. Era una tentación que sabía que debía resistir, pero el atractivo era poderoso, un canto de sirena que temía no tener fuerzas para ignorar.

Capítulo 11

LA BÚSQUEDA Y LA PLANIFICACIÓN

La mañana del día amaneció con una sensación de anticipación en el juzgado federal en el centro de Miami. El grupo de trabajo había trabajado incansablemente para reunir pruebas abrumadoras contra los sospechosos involucrados en el Sindicato de Miami. Los detectives Julián Pratt y Jackie Ortiz, y la fiscal federal Alice Harper, sabían que hoy sería un día largo mientras presentaban su caso, revelaban su acusación contra individuos y buscaban órdenes de arresto y registro, e incautaciones bancarias del juez y el gran jurado.

La detective Jackie Ortiz se paró frente al juez, su voz clara e inquebrantable mientras exponía el caso meticulosamente construido. Escuchas telefónicas, registros financieros, relatos de testigos presenciales y videovigilancia: fue una presentación hermética que no dejó lugar a dudas. La intrincada red de actividad criminal del Sindicato de Miami había sido desentrañada, exponiendo la profundidad de su corrupción.

Cuando la fiscal federal Alice Harper presentó la solicitud de órdenes de arresto, el juez frunció el ceño en señal de concentración. Este fue un caso de alto perfil con implicaciones de largo alcance. Un paso en falso podría poner en peligro toda la operación. Pero las pruebas eran irrefutables. Con un firme asentimiento, el gran jurado concedió las órdenes de arresto, autorizando al grupo de trabajo a intervenir y llevar a los sospechosos ante la justicia.

Mientras tanto, Gabriel y Sophia se sentaron en una mesa cerca de la bahía, con vistas a la Calzada desde el pintoresco restaurante de Key Biscayne. La suave brisa de la bahía la atravesaba, llevando el relajante aroma del océano. Fue un raro momento de tranquilidad para ellos en medio del caos en la vida de Gabriel.

—¿No es esta vista simplemente impresionante? —dijo Sophia, con los ojos brillando de alegría mientras contemplaba el horizonte de Miami—.

Gabriel sonrió, su expresión normalmente reservada se suavizó en presencia de la felicidad contagiosa de Sophia.

—Ciertamente lo es —respondió él, sorbiendo su café—. No puedo creer que no hayamos hecho esto en mucho tiempo.

Sophia se rio levemente, extendiendo la mano sobre la mesa para colocar su mano sobre la de él. El corazón de Gabriel dio un vuelco al tocarlo. Se abrió de una manera que nunca creyó posible con Sophia. Tenía una manera de hacer que se sintiera a gusto, derritiendo las paredes heladas alrededor de su corazón.

Gabriel sintió que una sensación de paz lo inundaba mientras charlaban y saboreaban su desayuno. Por una vez, pudo dejar de lado las cargas de su organización criminal y disfrutar de un momento de normalidad. Era como si el mundo a su alrededor se hubiera desvanecido, dejando solo a los dos envueltos en su escudo de felicidad.

"Tengo que admitir que nunca pensé que me encontraría en una situación como esta", confesó Gabriel, su mirada se cruzó con la de Sophia.

Ella sonrió cálidamente, sus ojos llenos de comprensión. "La vida tiene una forma de sorprendernos, ¿no? Pero me alegro de que nos hayamos encontrado, Gabriel".

Extendió la mano hacia el otro lado de la mesa para acariciarle la mejilla suavemente. —Yo también — murmuró, su voz apenas superior a un susurro—.

Sus dedos se entrelazaron y permanecieron sentados en un cómodo silencio, perdidos en los ojos del otro. Fue un raro momento de vulnerabilidad para Gabriel, un lado de él que pocos habían visto jamás. Pero con Sophia, se sintió seguro, aceptado y amado.

Cuando terminaron de desayunar, Gabriel sintió una sensación de esperanza, la esperanza de un futuro en el que pudiera dejar atrás su vida criminal y abrazar un nuevo comienzo con Sophia a su lado.

—Vamos a dar un paseo por la bahía —sugirió, con un dejo de emoción en su voz—.

Sophia asintió con entusiasmo, sus ojos brillaban. Pagaron la cuenta y se dirigieron hacia la bahía, con el sol abrazándolos cálidamente. Cogidos de la mano, paseaban por la orilla del agua, con las olas rompiendo suavemente contra la orilla.

La brisa salada alborotaba sus cabellos mientras admiraban la impresionante vista. Sofía sintió una sensación de asombro, cautivada por la serena belleza de la bahía.

—¿No es perfecto? —dijo ella, apretándole la mano.

Él sonrió, su mirada se clavó en la de ella. "Lo es. Estoy muy contento de que hayamos decidido venir aquí".

Continuaron su paseo, contentos de disfrutar de la compañía del otro y de la tranquilidad del entorno. Sophia sabía que no querría estar en ningún otro lugar.

Mientras caminaban tomados de la mano, Gabriel sintió

un rayo de esperanza de un futuro lleno de amor, redención y un nuevo comienzo. El camino por delante era incierto, pero sabía que todo era posible con Sophia a su lado. Poco sabía lo que le esperaba al final de este túnel brillante y feliz.

Mientras Gabriel continuaba con sus actividades diarias, controlando con su punto de contacto dentro de la PMC, los detectives mantuvieron su vigilancia sobre los sospechosos, siguiendo meticulosamente cada uno de sus movimientos para asegurarse de que no se dieran cuenta del inminente derribo.

Un sentido de urgencia llenó el cuartel general del grupo de trabajo mientras el equipo elaboraba la estrategia de su plan. Decidieron atacar al detective Anderson y a Raúl, el dueño del restaurante, un par de días antes de la operación principal. Estos individuos parecían ser los eslabones más débiles y potencialmente podrían ser persuadidos para que se convirtieran en testigos del gobierno en contra del Sindicato de Miami.

Meses de planificación y recopilación de inteligencia condujeron a este momento. El equipo estaba bien entrenado y era muy disciplinado, trabajando sin problemas para asegurar las ubicaciones simultáneamente, sin dejar ninguna oportunidad para que los sospechosos reaccionaran o montaran una defensa.

A medida que se desarrollaba la operación, el sonido de la

madera astillada y los gritos de órdenes llenaban el aire. Los sospechosos fueron obligados a tirarse al suelo y sujetados, ofreciendo poca resistencia en la abrumadora demostración de fuerza. La unidad táctica se movió con un propósito inquebrantable, impulsada por el desmantelamiento de esta peligrosa red criminal.

Posteriormente, los sospechosos fueron transportados a instalaciones federales en Miami, donde serían interrogados y procesados. El equipo sabía que esto era solo el comienzo: necesitaban interrogar a los detenidos para obtener total claridad sobre la participación de Michael Cruz y determinar si él también necesitaba ser acusado y enfrentar todo el alcance de la ley. Pero en este momento, el derribo había sido un éxito.

Y ahora era el momento de la verdad. La detective Jackie Ortiz respiró hondo al entrar en la sala de interrogatorios donde estaba sentado el pícaro detective Anderson, con las manos esposadas a la mesa frente a él. Conocía y confiaba en Anderson desde hacía años como socio en el grupo de trabajo de Miami, y la idea de que traicionara a su equipo era casi demasiado para soportar.

—Anderson —dijo ella con firmeza mientras se sentaba frente a él—. ¿Por qué? ¿Por qué harías esto?"

Anderson evitó su mirada, mirando hacia la mesa. "Yo... No lo sé, Jackie. Sucedió muy rápido. Un minuto estaba haciendo mi trabajo, al siguiente..." Se quedó callado, negando con la cabeza.

—¿Y el próximo qué? —insistió Jackie—. ¿La siguiente vez que te acostaste con el enemigo? ¿Fuga de información? ¿Poniendo en riesgo nuestras vidas? —Su voz se elevaba con cada palabra, el dolor y la ira que sentía se filtraban a través de ellos.

Anderson se estremeció y finalmente la miró a los ojos. "Nunca quise que nadie saliera lastimado. Sólo... Me volví codicioso, me endeudé, me metí en problemas con el juego. Debería haberles pedido ayuda. Pero el papel del dinero que se me ofrecía parecía ser, en ese momento, una salida sencilla: pagar mi deuda. Era demasiado bueno para dejarlo pasar. Pensé que podía manejarlo, que podía mantenerlo todo bajo control".

Jackie se burló. "Bueno, te equivocaste. Y ahora has traicionado todo por lo que hemos trabajado, todo en lo que creemos". Se inclinó hacia delante, entrecerrando los ojos. —"¿Tienes idea de qué tipo de daño has hecho?"

Anderson abrió la boca para responder, pero no salió ninguna palabra. Sabía que no había excusa, ni justificación para sus acciones. Había cometido un terrible error, y ahora tendría que enfrentarse a las consecuencias.

Jackie negó con la cabeza, la decepción es evidente en su rostro. —Confiaba en ti, Anderson. Todos lo hicimos. ¿Y tiraste eso a la basura para qué? ¿Unos cuantos dólares?

—Se puso de pie y se dio la vuelta para irse—. Espero que haya valido la pena. Por cierto, tengo una pregunta. ¿Qué sabes de Michael Cruz? Un simple sí o no, ¿sabes algo?

Anderson respondió: "Lo he visto por ahí. Nunca he tenido una conversación con él. Solo un hola y adiós. No sé nada de lo que hace ni de su vida personal".

Cuando la puerta se cerró detrás de ella, Anderson sintió que el peso de su traición lo aplastaba. Había decepcionado no solo a su pareja, sino a todo su equipo, su familia. Y no había vuelta atrás.

Mientras tanto, el detective Julian Pratt entró en otra sala de interrogatorios, entrecerrando los ojos mientras estudiaba a Raúl, el dueño del restaurante, sentado frente a él, con las manos esposadas y apoyadas en las piernas.

—Muy bien, vayamos al grano —dijo Julian sin rodeos—. Te tenemos. Sabemos que estuviste involucrado, así que es mejor que empieces a hablar.

Raúl le devolvió la mirada a Julián, con expresión desafiante. "No diré una palabra hasta que llegue mi abogado".

Julian se inclinó hacia delante, con las palmas de las manos apoyadas en la mesa. "Mira, esto sería mucho más fácil para ti si cooperaras. Tenemos pruebas. Solo estás empeorando las cosas para ti mismo al callarte. ¿Qué me puedes decir de Michael Cruz?"

Pero Raúl permaneció en silencio, con los labios apretados en una delgada línea.

La frustración se dibujó en el rostro de Julian. "Muy bien. Hazlo a tu manera". Se levantó y se dirigió a la puerta. "Será mejor que su abogado llegue rápido. Porque no vas a ir a ningún lado, te enfrentas a pasar mucho tiempo tras las rejas".

La puerta se cerró de golpe, dejando a Raúl solo con sus pensamientos, con las esposas mordiéndole las muñecas. Sabía que estaba en serios problemas, pero también conocía sus derechos. De ninguna manera iba a incriminarse a sí mismo, no sin la presencia de su abogado. Solo tuvo que aguantar un poco más.

Al día siguiente, los detectives Julian Pratt y seis agentes más llegaron a la oficina de facturación médica de Randy y Nancy Ramos, poniéndolos a ambos bajo arresto junto con algunos miembros del personal. La pareja Ramos había estado manejando un elaborado esquema de fraude de atención médica y seguros durante años, asociado con el sindicato de Miami.

Mientras Randy y Nancy Ramos eran conducidos a salas de interrogatorios separadas, los detectives Julian y Jackie intercambiaron una mirada cómplice. Sabían que este iba a ser un caso difícil, pero estaban decididos a llegar a la verdad.

Al entrar en la habitación, el detective Julian se enfrentó a Randy, que estaba sentado en silencio, con los brazos cruzados, negándose a cooperar. "Sr. Ramos, tenemos muchas pruebas que apuntan a que usted y su esposa dirigen un esquema fraudulento de facturación médica. Estás en muchos problemas aquí, así que te aconsejo que empieces a hablar. Primero, quiero ayudarte, ¿qué sabes sobre Michael Cruz? Su coche ha sido visto aparcado en su oficina más de una vez."

Randy permaneció en silencio, con una expresión inquebrantable. "No voy a decir nada sin la presencia de mi abogado".

Al lado, la detective Jackie Ortiz se acercó a la igualmente desafiante Nancy. "Señora Ramos, sabemos que usted y su esposo han estado haciendo algunas cosas turbias. Te enfrentas a una pena seria de cárcel si no comienzas a cooperar. Empieza por decirme, ¿cuál es tu relación con Michael Cruz?"

Nancy sacudió la cabeza desafiante. "Quiero a mi abogado. No voy a admitir nada".

El detective Jackie Ortiz se acercó al abogado de Randy Ramos justo cuando estaban a punto de visitar a Randy en el Centro Federal de Detención. Jackie tenía una expresión seria en su rostro mientras solicitaba una palabra privada con el abogado.

—Mira, sé que este caso es difícil para tu cliente — empezó Jackie con franqueza—. Pero creo que podría ser capaz de ayudar a su cliente si está dispuesto a cooperar conmigo.

El abogado la miró con escepticismo. —¿De qué tipo de información está hablando?

—Información sobre Michael Cruz, —respondió Jackie—. Vamos a dar un paseo y ver qué tienes.

La sala de interrogatorios fue estresante ya que Randy se sentó al otro lado de la mesa de Jackie. Jackie deslizó una carpeta de archivos hacia Randy.

—Aquí tengo algo de información que tienes que ver — dijo Jackie sin rodeos—. Va a cambiarlo todo.

Después de un momento de silencio, Randy asintió. "Bueno, veamos lo que tienes".

Randy abrió el archivo y reveló las fotografías incriminatorias. Sus ojos se entrecerraron mientras estudiaba detenidamente las imágenes: su esposa Nancy y Michael Cruz, atrapados en medio de su apasionado romance, entrando en habitaciones de hotel, cenando en restaurantes. La prueba visual era irrefutable.

Alzó la vista, endureciendo la mirada. "¿Qué quieres saber?" Había una nueva determinación en su voz, una voluntad de enfrentarse a la fea verdad de frente. La traición le dolía, pero estaba listo para enfrentarla, para descubrir el alcance total del engaño de su esposa. Lo que Jackie tenía que ofrecer, Randy lo escucharía: necesitaba conocer toda la historia, sin importar cuán dolorosa fuera.

Con el paso de las horas, la noticia de las detenciones no pudo ser suprimida. El alcance del Sindicato de Miami era muy amplio, y tenían ojos y oídos en todos los rincones de Miami. Michael recibió una llamada telefónica, poniéndolo al día sobre los eventos que habían tenido lugar esa misma mañana.

Agarró el volante con fuerza mientras conducía por las calles de la ciudad, sus manos se volvieron blancas. La noticia que recibió le provocó un escalofrío: Raúl, Nancy, su esposo y otros estaban bajo custodia federal. Supo en ese momento que tenía que llegar a una casa de seguridad, para advertir a Gabriel y al resto de la PMC.

Michael exhibió un toque más de delicadeza. Esperó pacientemente su momento, eligiendo la cobertura del anochecer como su momento oportuno. Estableció con precisión el contacto con un socio del sindicato de Miami, garantizando el máximo secreto. Su punto de encuentro era un estacionamiento con poca luz sin miradas indiscretas de vigilancia. Michael se guardó rápidamente el nuevo teléfono móvil en el bolsillo, ocultando hábilmente con destreza el intercambio. Conocía la importancia de esta transacción: un nuevo clon de teléfono celular para deshacerse de cualquier posible persecución.

Al amanecer un par de días después, las fuerzas del orden acudieron a la residencia de Michael, solo para descubrir que se había ido, solo quedaban su esposa y su hijo. Michael tenía una ventaja sobre ellos. Se les había escapado astutamente entre los dedos.

La esposa de Michael, una vez inconsciente de su verdadera naturaleza, ahora se encontraba atrapada en el punto de mira de la ley, sus alegatos de ignorancia caían en oídos sordos. Con cada hora que pasaba, la red se estrechaba en torno al paradero de Michael. Los detectives Julian y Jackie, decididos a llevarlo ante la justicia, recorrieron la ciudad, sin dejar piedra sin remover. Pero Michael, un maestro de la evasión, había planeado su escape meticulosamente, anticipando cada uno de sus movimientos.

Mientras tanto, Michael permanecía un paso por delante, su libertad era una amarga victoria sobre el sistema que había manipulado tan hábilmente. La idea de su familia, especialmente del futuro incierto de sus hijos, pesaba mucho en su mente, pero su sentido de autoconservación eclipsaba todo lo demás. Sabía que el precio de su libertad sería alto, pero estaba dispuesto a pagarlo, sin importar el costo.

Michael hizo una llamada, y la voz de Gabriel rompió la línea en voz baja, dirigiendo a Michael a un santuario seguro en Naples, Florida. Un viaje de alrededor de 100 millas hacia el oeste de Miami, esta casa segura se alzaba a lo largo de las tranquilas costas de la costa oeste.

Gabriel y Michael se conocieron en Naples, Florida. Gabriel se sorprendió. —¿Por qué te buscan, Michael? —preguntó—. ¿Tienes alguna idea de por qué? No puedo entenderlo, incluso si hay personas arrestadas, tenemos filtros para evitar ser señalados en cualquier caso criminal. No entiendo qué está pasando.

Michael respondió: "Solo sé que mi casa fue allanada. Esta reunión fue ordenada y la coreografía de la supervivencia se desplegó".

—Está bien, Michael, escucha —dijo Gabriel en voz baja y seria—. No tenemos mucho tiempo, así que te lo voy a decir directamente. Este es el mejor de los casos que tienes. Pensemos fuera de la caja: ¿qué hacemos con nuestros recursos?

Michael respondió: "¿No estás sugiriendo que huya a Cuba?"

—¿Has perdido la cabeza? ¿Lo olvidaste? Hubo muchos funcionarios del gobierno arrestados en Cuba debido a sus vínculos criminales con Miami. Hace mucho tiempo que no hablamos con nuestro amigo del gobierno. No sabemos si está en la cárcel o cuál es su paradero. Y por lo que sabemos, es posible que hayamos estado implicados. Ese es un lugar del que no quiero ser parte.

Gabriel, muy consciente de la urgencia latente,

comprendió la gravedad de su situación. Ambos hombres compartían un imperativo común: cruzar las fronteras hacia México, donde el calor aún no había alcanzado su cenit abrasador.

Los fiscales se opusieron vehementemente a conceder la libertad bajo fianza a las personas detenidas en el juzgado, considerándolas a todas ellas un riesgo de alto vuelo. Las pruebas presentadas eran abrumadoras, y el caso contra los acusados parecía sólido como una roca.

A medida que se desarrollaban los procedimientos, Gabriel, la figura elusiva del Sindicato de Miami, seguía siendo un fantasma, sin ser tocado por la redada de las fuerzas del orden. Los detectives sabían que Michael era el jugador clave, basándose en la información proporcionada por su ahora coacusado, Randy Ramos. Este era un caso de traición, pero Michael seguía siendo un hombre buscado, obstinadamente desafiante frente a la creciente evidencia.

Los detectives esperaban que más de los individuos arrestados pudieran cambiar y proporcionar la información crucial que necesitaban para derribar a Michael Cruz. Pero hasta ahora, la lealtad de todos los miembros del Sindicato había demostrado ser más fuerte que la amenaza de enjuiciamiento.

Pero Michael se mantuvo un paso adelante, desapareciendo en la noche. La detective Jackie Ortiz sabía que era solo cuestión de tiempo antes de que volviera a la superficie, y estaba decidida a estar allí esperándolo. Juró cazar al escurridizo miembro del Sindicato y llevarlo ante la justicia, sin importar el costo.

Una vez más, Gabriel extendió su solicitud a través de la conexión de Chicago, esta vez con un mayor sentido de urgencia. Necesitaba una discreta casa de seguridad ubicada en Cancún, así como un conjunto de documentos falsos: una licencia de conducir y otras identificaciones.

Sin dudarlo, sus socios de Chicago se pusieron en contacto con su red en Cancún. Esta red podría proporcionar el tipo de alojamiento seguro y fuera de la red que Gabriel necesitaba. En cuestión de horas, se había asegurado una casa segura, una modesta casa adosada escondida en un tranquilo barrio residencial, lejos de miradas indiscretas.

En la intrincada red de batallas legales de Miami, Gabriel se encuentra en una encrucijada. Darse cuenta de que podría perder a su amigo de confianza y aliado, Michael, le pesa mucho. Mientras planean estrategias juntos, Gabriel sabe que debe considerar la posibilidad de nombrar un reemplazo temporal. Esta decisión no se toma a la ligera, ya que el resultado del caso de Michel Cruz podría depender de la fuerza y la sabiduría de esta figura interina. La elección de Gabriel será un testimonio de su liderazgo y previsión para navegar por las traicioneras aguas del sistema de justicia de Miami.

Los ojos de Gabriel se fijan en Michael, su mirada feroz

e inquebrantable. La energía entre ellos es espesa cuando Gabriel finalmente rompe el silencio.

—Llama a Raphael —ordena Gabriel en voz baja y resuelta—. Necesito encontrarme con él cara a cara.

Michael frunce el ceño y la preocupación dibuja profundas líneas en su frente. "Gabriel, ¿estás seguro de que eso es sabio? Encontrarse con Raphael ahora podría..."

"No sabemos cuál va a ser el desenlace de todo esto", interrumpe Gabriel, sus palabras agudas y decisivas. "Tenemos que establecer nuestras prioridades".

Los ojos de Gabriel brillan con determinación mientras continúa: "Y por ahora, tenemos que asegurarnos de que Raphael Santos esté al tanto de cómo llevar a cabo la operación correctamente, sin que nosotros seamos prácticos".

Michael vacila, sopesando la gravedad de las palabras de Gabriel. La pasión en la voz de Gabriel es evidente, infundiendo cada sílaba con urgencia y convicción.

"Ya no se trata solo de nosotros", continúa Gabriel, con la voz llena de emoción. "Se trata del futuro del Sindicato de Miami que hemos construido. La PMC debe permanecer intacta, incluso sin nosotros si es necesario. Hemos jurado protegerlo".

Los puños de Gabriel se aprietan a los costados, todo su

cuerpo tenso por la determinación. "Raphael tiene que estar preparado. Necesita entender el peso de lo que viene".

Michael finalmente comprende todas las implicaciones de la decisión de Gabriel. El aire a su alrededor parece palpitar con la intensidad del momento.

—Haz la llamada —ordena Gabriel una vez más, su voz se suaviza pero no pierde nada de su pasión—. Es hora de que Raphael asuma su destino. Y es hora de que enfrentemos el nuestro.

Mientras Michael alcanza su teléfono celular clonado, el peso de su inminente encuentro con Raphael flota en el aire, un momento crucial que podría cambiar el curso de la vida de Michael.

La mano de Michael alcanza el teléfono celular clonado, su superficie lisa fría contra su palma húmeda. Se encuentra con la intensa mirada de Gabriel, viendo el fuego de la determinación ardiendo en los ojos de su compañero. El aire cruje con tensión, cargado con el peso de su decisión.

A medida que Michael marca, los recuerdos inundan su mente: años de planificación cuidadosa, innumerables riesgos asumidos y sacrificios realizados. El Sindicato de Miami ha sido su pasión, su propósito. Pero ahora, todo pende de un hilo.

El teléfono suena una, dos, tres veces. El corazón de Michael late en su pecho, cada latido es un recordatorio de lo que está en juego. Finalmente, una voz responde.

—Raphael —dice Michael, con voz firme a pesar de la confusión interior—. Es el momento. Tenemos que encontrarnos.

Hay una pausa en el otro extremo. Luego, la voz de Raphael, baja y cautelosa: "¿Dónde?"

Michael relata la ubicación en Naples, Florida, esta noche, con sus palabras cargadas de urgencia. Al terminar la llamada, se vuelve hacia Gabriel, viendo una mezcla de miedo y emoción reflejada en el rostro de su compañero.

A medida que pasan las horas, se mueven rápidamente, reuniendo sus pensamientos para la reunión. La ciudad se difumina a medida que conducen, las farolas contrastan con la oscuridad de su misión. La mente de Michael se acelera, imaginando los posibles resultados: éxito, fracaso, traición o algo completamente inesperado.

Al llegar al punto de encuentro en el centro de Naples, Florida, Michael siente el peso del destino que lo presiona. Gabriel le aprieta el hombro, en un gesto de solidaridad y fuerza.

Salen del coche, el aire fresco de la noche es un agudo recordatorio de la realidad de su situación. A lo lejos, ven acercarse una figura, Raphael Santos, caminando hacia su destino y hacia el momento que definirá su futuro dentro del Sindicato de Miami.

Michael respira hondo, armándose de valor para lo que está por venir. Pase lo que pase después, no hay vuelta atrás. La suerte está echada, y el futuro del Sindicato de Miami, y sus vidas, penderá sobre los hombros de Raphael Santos.

Los ojos de Gabriel se entrecierran mientras extiende su mano hacia Raphael, con una sonrisa cómplice en las comisuras de su boca. —Un placer conocerte, Raphael —dice con una mirada penetrante e intensa—. He oído... Mucho.

El agarre de Raphael es firme, sus ojos miran con una mezcla de orgullo y cautela. El aire entre ellos cruje con un entendimiento tácito.

Michael observa el intercambio, con una pizca de satisfacción en su postura. Se aclara la garganta: "Raphael aquí ha sido invaluable para nuestra organización. Su conocimiento de nuestro... modo de vida... no tiene parangón"".

La sonrisa de Gabriel se ensancha. —¿Es así? —Gabriel nunca rompe el contacto visual con Raphael—. Bueno, el Sindicato de Miami no mantiene a cualquiera por mucho tiempo. Debes ser todo un activo.

El pecho de Raphael se hincha ligeramente ante el elogio. "Me he dedicado a la causa", responde, con voz baja y llena de convicción. "Esto no es solo un negocio. Es una emoción, nunca me gustó vivir una vida sencilla, necesito la emoción".

Los tres hombres se encuentran en un triángulo de poder, con la pequeña ciudad de Naples brillando detrás de ellos.

Gabriel finalmente suelta la mano de Raphael, pero la intensidad se mantiene. "Espero ver tu experiencia en acción, Raphael. La familia valora la lealtad por encima de todo. Y el talento... Bueno, un talento como el tuyo no pasa desapercibido".

Michael les da una palmada en los hombros a ambos. "Señores, creo que este es el comienzo de una asociación muy fructífera. ¿Hablamos de la próxima operación?"

"Quiero agradecerte por venir", dice Gabriel en voz baja. "Tenemos que hablar sobre la situación de Michael".

Raphael asiente, con la ansiedad evidente en sus hombros. "¿Qué tan malo es?"

"Ya es bastante malo. Los detectives allanaron su casa. Dependiendo de cómo se desarrolle, es posible que tengamos que reestructurar las cosas". Gabriel se inclina hacia adelante, con ojos intensos. "Ahí es donde entras tú".

El corazón de Raphael se acelera. "¿Qué necesitas que haga?"

"Voy a estar fuera de escena durante un par de semanas, tal vez un mes. Pasar desapercibido. Asumirás más responsabilidades. ¿Crees que puedes manejarlo?"

Raphael vacila y luego asiente con firmeza. "Estoy listo".

Gabriel desliza un teléfono celular clonado sobre la mesa.

—Úsalo solo para mis llamadas, nadie más. Estaré en contacto. ¿Raphael? — Hace una pausa y su mirada se endurece—. No arruines esto.

Cuando Raphael comenzó su viaje de regreso a Miami, el peso de su nueva responsabilidad se asienta sobre sus hombros. Conoce los riesgos, pero también las posibles recompensas. Pase lo que pase con Michael, las cosas están a punto de cambiar.

La madrugada del lunes en Miami, Raphael Santos comienza a investigar a los posibles abogados. Descubre la oficina del fiscal de los Estados Unidos, lo que aumenta aún más las apuestas. Gabriel se comunica periódicamente, enfatizando la importancia de encontrar un abogado capacitado que pueda navegar por las complejidades del caso de Raúl Domínguez. Gabriel Cortez ve cosas. Si paga por el abogado, tiene cierto conocimiento interno del caso. Cualquier posible delatación de cualquier persona que filtre información a las fuerzas del orden.

A medida que pasaban los días después de la reunión en Naples, Florida, Gabriel y Michael cruzaron la frontera, y mientras él se instalaba en una casa segura en México,

Gabriel sintió una mezcla de alivio e inquietud. Sin embargo, también reconoció la importancia de ganar tiempo y evitar ser capturado. Gabriel no podía quitarse de encima la preocupación que lo carcomía. Sabía que tenía que llamar a Sophia, pero también sabía que no podía revelar la verdad de su situación. Cuanto menos supiera, más segura estaría.

Gabriel hizo que los miembros de su sindicato de confianza tomaran un teléfono celular clonado que no estaba vinculado a ninguno de ellos. Sabía que la comunicación era crucial, pero no podía arriesgarse a que las fuerzas del orden lo rastrearan.

Cogió su móvil caliente y marcó su número, con el corazón acelerado mientras esperaba que ella respondiera. Cuando su voz llegó a través de la línea, sintió alivio y culpa. Sophia había estado muy preocupada por él, y él odiaba mantenerla en la oscuridad sobre sus planes.

—Sophia —dijo con voz suave pero urgente—. Soy yo.

Hubo un momento de silencio al otro lado antes de que ella respondiera, con la voz entrecortada por la preocupación. "Gabriel, ¿dónde estás? ¿Qué pasa? ¿Por qué le pediste a otra persona que me diera este celular y me dijera que lo rompiera y lo tirara en cinco días?"

Respiró hondo, tratando de encontrar las palabras adecuadas. "Tuve que tomar precauciones", explicó. "Michael estaba siendo vigilado, y no puedo arriesgarme a que nadie rastree nuestra comunicación".

—No lo entiendo —respondió Sophia, evidente, con evidente preocupación—. ¿Qué está pasando, Gabriel? ¿Por qué te escondes?

Vaciló un momento, tratando de decidir cuánto podía decirle sin ponerla en peligro. —Están pasando muchas cosas, Sophia —dijo finalmente—. No puedo explicar todo en este momento, pero necesito que confíes en mí.

—Confío en ti, Gabriel —dijo en voz baja—. Pero no puedo evitar preocuparme. He visto las noticias en la televisión y sé lo que dicen sobre Michael y las personas asociadas con él.

El corazón de Gabriel se hundió. Odiaba que sus acciones le causaran dolor, pero ahora no podía echarse atrás. —Te prometo, Sophia, que estoy haciendo todo lo que puedo para protegerte a ti y a nuestro futuro —dijo con seriedad—. Necesito que te mantengas a salvo y te mantengas alejado de cualquier atención. Si alguien pregunta, no sabes nada.

—Haré lo que me pidas, Gabriel —dijo ella, con la voz llena de determinación—. Pero, por favor, prométeme que volverás a mí.

Cerró los ojos, sintiendo el peso de su promesa. —Volveré —dijo con firmeza—. Me aseguraré de ello.

Hablaron un rato más, y Gabriel le aseguró que estaba

haciendo lo que había que hacer para garantizar su seguridad.

—Sé que es difícil no saberlo todo, —dijo con voz tierna—. Pero necesito que confíes en mí, Sophia. Explicaré todo cuando pueda.

Respiró temblorosa. —Está bien, Gabriel —dijo ella, con voz vacilante pero llena de amor y apoyo—. Confío en ti. Solo prométeme que tendrás cuidado.

—Lo prometo—dijo, con la voz llena de determinación—. Haré lo que sea necesario para protegerte a ti y a nuestro futuro.

Al despedirse, Gabriel sintió una mezcla de emociones. Odiaba mantener a Sophia en la oscuridad, pero sabía que era la única manera de mantenerla a salvo. Juró hacer lo que fuera necesario para asegurar su futuro juntos, incluso si eso significaba enfrentar el peligroso e incierto camino que tenían por delante.

Gabriel miró su teléfono celular durante mucho tiempo, sintiendo el peso de sus decisiones. Sabía que tenía que proteger a Sophia, incluso si eso significaba mantenerla en la oscuridad.

A medida que los días se convertían en semanas, Julian y Jackie continuaron construyendo su caso contra el sindicato de Miami. Entrevistaron incansablemente a testigos, analizaron registros telefónicos y reunieron todas las pruebas que pudieron encontrar. La presión sobre las personas detenidas iba en aumento, y algunas empezaron a considerar la posibilidad de cooperar con las autoridades a cambio de indulgencia.

Gabriel permaneció vigilante dentro de la casa de seguridad en Cancún, sabiendo que la supervivencia del sindicato dependía de su liderazgo. Se mantuvo en contacto con un miembro de confianza del sindicato, ofreciéndole orientación y seguridad de que saldrían más fuertes que este revés.

El caso judicial avanzó en Miami, y las pruebas contra el sindicato se fortalecieron día a día. Los detectives estaban decididos a llevar a todos los involucrados ante la justicia, incluido el escurridizo autor intelectual.

Capítulo 12

CELEBRACIONES Y SOMBRAS DE GABRIEL

Mientras tanto, en Miami, el abogado de Raúl Domínguez solicitó una reunión con la fiscal federal Alice Harper para discutir su caso. La reunión estaba programada para llevarse a cabo en la Oficina del Fiscal de los Estados Unidos, al otro lado de la calle del juzgado.

El día de la reunión, el abogado de Raúl Domínguez, el litigante de lengua afilada, el Sr. Green, cruzó la calle desde el juzgado hasta la oficina del Fiscal de los Estados Unidos. Lo condujeron al espacioso e impersonal espacio de trabajo de Alice Harper, del tipo que gritaba autoridad.

El Sr. Green se lanzó a los detalles del caso de Raúl.

"Muy bien, vayamos al grano. El gobierno golpeó a mi cliente con una larga lista de cargos: crimen organizado, lavado de dinero, fraude, contravigilancia, todo el mundo. Ahora, he revisado el descubrimiento, y tengo que decir que la evidencia parece bastante débil".

Alicia escuchó impasible: "Su cliente fue atrapado con las manos en la masa, señor Green. Lo tenemos grabado, relatos de testigos presenciales, y el rastro de papel es muy dañino".

—Oh, estoy seguro de que a usted le parece así —el señor Green se reclinó en su silla, con un aire de confianza casual—. Pero te digo que hay más en esta historia. Raúl no es un ángel, pero no es el cerebro que estás haciendo que sea. Todo esto apesta a montaje.

El tira y afloja continuó, con el Sr. Green haciendo agujeros en el caso de la fiscalía y Alice defendiéndolo obstinadamente. Ambos eran veteranos experimentados, que no estaban dispuestos a ceder ni un centímetro. Había una tensión palpable mientras intercambiaban críticas y argumentos legales.

Finalmente, Alicia suspiró. "Mira, entiendo que vas a batear por tu cliente, y soy consciente de que él no es el autor intelectual. Pero los hechos son los hechos. Si tienes algo sustancial que aportar, estoy dispuesto a escucharte. De lo contrario, me temo que esta conversación ha terminado y te veré en la corte".

El aire era pesado mientras el abogado y el fiscal se sentaban uno frente al otro en la mesa. Ambos sabían que este era un momento crítico, una oportunidad para encontrar un punto medio antes del juicio que estaba a un mes de distancia.

El Sr. Green habló primero: "Está bien, vamos a llegar a un acuerdo. La semana pasada, le sugerí a mi cliente que testificara sobre sus coacusados, algo a lo que se opone rotundamente. Si su oficina le hace un buen trato a Raúl, podría persuadirlo. Pero hay algo más que no es negociable, tenemos que mantenerlo fuera del registro como testigo del gobierno. A cambio, le darás a Raúl una sentencia mínima en un campo de detención federal".

Alice Harper suspiró. "Qué tal esto, mantenemos a Raúl fuera del registro. Nos informa sobre toda la operación del Sindicato, sin contención, o el trato se cancela. Le daremos un cómodo campamento de mínima seguridad después. Es mejor que pasar quince o veinte entre rejas, ¿no?"

—Está bien, volveré y hablaré con él. Pero tienes que darme algo a cambio —dijo el abogado, inclinándose hacia adelante—. Necesito una garantía de que mantendrás su identidad en secreto.

Alice Harper frunció los labios, pensando. Después de un momento, extendió la mano. "Trato. Pídele que testifique y me aseguraré de que no tenga que trabajar a tiempo completo como se merece. Pero esta es una oferta de una sola vez, señor Green. Será mejor que hagas que cuente".

El Sr. Green sintió que el peso de la decisión se asentaba sobre sus hombros. Es hora de convencer a Raúl de que traicione todo lo que sabía. No iba a ser fácil, pero a veces en estos negocios ilícitos hay que tomar decisiones difíciles.

Unos días después, el Sr. Green se sentó con Raúl para discutir los detalles. Tenía que ser completamente transparente sobre la situación, sin edulcoraciones ni falsas esperanzas.

—Escucha, Raúl, necesito que testifiques —apretó la mandíbula—. De ninguna manera voy a testificar contra el Sindicato de Miami. Somos familia. —Raúl se inclinó hacia adelante, con los ojos entrecerrados.

—Lo entiendo, Raúl. Pero te enfrentas a una pena de 15 a 25 años si no cooperas. Podemos hacer que esto sea mucho más fácil para ti.

Raúl se burló. "¿Más fácil? Quieres que traicione a las únicas personas que me han respaldado". Él negó con la cabeza. "Prefiero pudrirme en la cárcel que delatar".

"Es un trato simple Raúl, escúchame. Testificar contra el Sindicato de Miami. La mejor parte es que nadie se enterará de que testificó. Esa es la única forma en que esto funcionará", dijo el señor Green con severidad. Raúl supo que no había vuelta atrás una vez que firmó en la línea de puntos. Mi antigua vida dejaría de existir. Estaría confiando mi futuro al gobierno, ¡qué cambio de estilo de vida!

"Una cosa más, en mi reunión con el fiscal de los Estados Unidos, ella susurró en secreto. Me dijo que te dijera que habían encontrado un punto débil, una forma de llegar a ti donde más te dolía". Raúl trató de mantener la compostura, pero la preocupación se reflejaba en su rostro. – "Dicen que tienen pruebas que implican a su mujer".

Supe entonces que estaba atrapado. Me tenían encima de un barril y no había nada que pudiera hacer. La libertad de mi esposa, su futuro, todo pendía de un hilo.

Raúl Domínguez tragó saliva, con la boca súbitamente seca. "¿Qué quieres que haga? Voy a cooperar, porque no tengo otra opción. ¿Quién cuidará de mis hijos si mi esposa se ve implicada en este caso? Dame un día y testificaré lo que sé".

El detective Julián Prat suspiró profundamente. El cansancio se reflejaba en sus ojos mientras hablaba con su colega. "Ha sido una batalla larga y dura, pero hemos logrado avances significativos. El asesor legal de Raúl le aconseja encarecidamente que considere una declaración de culpabilidad y un acuerdo para confiscar propiedades y fondos. El caso presenta una gran cantidad de pruebas convincentes en su contra, particularmente en lo que respecta a los cargos de soborno, extorsión, contravigilancia de la aplicación de la ley y la obstrucción de investigaciones penales dentro del sindicato de Miami".

"En un desarrollo paralelo, otras personas implicadas en el caso, incluida una pareja casada, Nancy buscó un acuerdo de culpabilidad debido a su participación en un esquema de fraude de atención médica. Randy está recibiendo un buen trato por su cooperación en el caso. Su empresa de facturación médica desempeñó un papel fundamental en la orquestación de un volumen sustancial de reclamaciones falsificadas por valor de más de 60 millones de dólares, que se presentaron al sistema sanitario como parte de su asociación con el sindicato. Como resultado, se enfrentan a la perspectiva de enfrentar sentencias que oscilan entre los nueve y los quince años. Además, ciertos empleados de nivel inferior de la empresa de facturación, que desempeñaron un papel comparativamente menor en la operación ilícita, pueden estar sujetos a períodos de prisión que oscilan entre tres y cinco años".

Su colega detective asintió, reconociendo la magnitud de la victoria. "Al menos la justicia finalmente los está alcanzando", dijo solemnemente.

—Sí —respondió el detective—, pero aún no ha terminado. Todavía tenemos a Michael por ahí y ni siquiera sabemos dónde está. Es como un fantasma que se nos escapa de las manos cada vez que nos acercamos.

El grupo de trabajo había estado persiguiendo a Michael durante meses, tratando de identificar al escurridizo cerebro del Sindicato de Miami. Cada vez que pensaban que tenían una pista, él desaparecía sin dejar rastro.

Los detectives echaron un vistazo alrededor de la habitación, donde sus compañeros miembros del grupo de trabajo celebraron el exitoso derribo de muchos miembros del sindicato. A pesar del ambiente alegre, una nube de incertidumbre se cernía sobre ellos. La ausencia de Michael proyectó una larga sombra, un recordatorio de que su misión estaba lejos de completarse.

Mientras bebían sus bebidas durante el brindis ofrecido por la fiscal federal Alice, el nombre "Michael" escapó de los labios del orador. La mención fue involuntaria, pero no pasó desapercibida. El detective intercambió una mirada cómplice con su compañero, comprendiendo el peso de ese nombre en su investigación.

"Hemos hecho una mella significativa en el sindicato, y eso no es poca cosa", retumbó la voz del fiscal de los Estados Unidos, llamando la atención de todos en la sala. "Pero no podemos olvidar que el cerebro detrás de todo esto, Michael, todavía está en libertad. Tenga la seguridad, no descansaremos hasta que sea llevado ante la justicia".

La promesa provocó un coro de asentimientos resueltos y expresiones decididas de los miembros del grupo de trabajo. Eran un equipo forjado en el crisol de esta compleja investigación, unidos por un objetivo común: desmantelar el sindicato de Miami y llevar a todos sus miembros ante la justicia.

Pasó el tiempo y Gabriel sintió que era seguro ponerse en contacto con su miembro de confianza, Raphael, del sindicato de Miami. Convocó a un par de los miembros de mayor confianza a una reunión clandestina en Cancún para discutir su nuevo plan para la organización. Los miembros del sindicato, aún recelosos de la reciente represión, se reunieron en Orlando y abordaron sus aviones, lejos de la ciudad de Miami.

En el oscuro submundo del Sindicato de Miami, la confianza era una moneda más preciosa que el oro. Gabriel lo sabía muy bien, y su decisión de acercarse a Raphael Santos no fue una que tomara a la ligera. Gabriel se volvió hacia Michael Cruz y le indicó que hiciera la llamada. Esta sería la segunda vez que Gabriel se encontraría cara a cara con Raphael Santos, una perspectiva que lo llenó de anticipación e inquietud a partes iguales. La naturaleza clandestina de su reunión en Cancún, lejos de las miradas indiscretas de las fuerzas del orden en Miami, dijo mucho sobre la delicada danza de poder y secreto que gobernaba el Sindicato. Era un juego de alto riesgo.

Cuando Raphael Santos aterrizó en Cancún, la anticipación del viaje en camioneta al hotel era clara. Silencioso e introspectivo, estaba consumido por pensamientos sobre el próximo encuentro con Gabriel. Al llegar al hotel, Raphael fue escoltado a una lujosa suite donde esperaban Gabriel y Michael. El comportamiento típicamente bullicioso de Gabriel era notablemente moderado. Cuando Raphael entró en la habitación, Michael lo saludó con un firme apretón de manos, luego se volvió hacia Gabriel. Con una mirada seria, Gabriel le dio la bienvenida a Raphael y les hizo un gesto para que se sentaran, señalando el comienzo de lo que seguramente sería una conversación significativa.

Gabriel comenzó agradeciendo a Raphael por presentarse en la reunión. —Ahora más que nunca, tenemos que mantenernos unidos —comenzó Gabriel, en voz baja y autoritaria—. Es posible que hayamos enfrentado contratiempos, pero no podemos dejar que el miedo nos paralice. Es hora de reconstruir y volver más fuertes.

La curiosidad se mezcló con la aprensión mientras los miembros del sindicato se inclinaban hacia adelante, ansiosos por escuchar el plan. Gabriel siempre había sido el arquitecto de sus planes, con una visión que los había hecho exitosos hasta el momento. Ahora, esperaba que su ingenio los llevara a un lugar seguro una vez más.

"La propuesta de Gabriel refleja un giro estratégico en las operaciones de atención médica del Sindicato de Miami, enfatizando la necesidad de diversificación frente a la investigación y los arrestos realizados en los últimos meses en Miami por fraude en la atención médica", intervino Michael. "Tenemos que navegar con mucho cuidado y tranquilidad. Necesitamos diversificarnos, como hemos hablado en el pasado, para explorar nuevas vías de beneficio".

Los ojos se abrieron de par en par y susurros silenciosos llenaron la habitación mientras los miembros intercambiaban miradas. Expandirse más allá de su red de fraude de atención médica bien establecida era arriesgado, pero confiaban en el juicio de Gabriel.

"Tenemos conexiones, recursos y experiencia que se pueden aprovechar en otras empresas criminales", explicó Gabriel. "Con el enfoque correcto, podemos crear flujos adicionales de ingresos que no solo nos sostendrán, sino que nos impulsarán a mayores alturas".

Michael y Raphael asintieron con la cabeza, mientras Raphael permanecía cauteloso. Su participación en el fraude sanitario les había reportado una inmensa riqueza, pero eran conscientes de los peligros que acechaban en las calles del submundo criminal de Miami.

"Tenemos los medios para aventurarnos en actividades ilegales como tarjetas de crédito falsas, combustible robado y clínicas para el dolor", continuó Gabriel, exponiendo su visión. "Si bien es posible que algunas de estas operaciones no generen ganancias a la par con el fraude en la atención médica, se benefician de un escrutinio reducido, lo que nos permite participar en tratos a nivel de la calle con una elevada tolerancia al riesgo".

A medida que Gabriel hablaba, pudo ver que el escepticismo daba paso a la intriga. Sabía que tenía que presentar un caso convincente para ganarse a Michael y

Raphael.

—Piénsalo —instó, elevando la voz con convicción—. Todavía tendremos que ser cautelosos, pero diversificar nuestras operaciones nos hará más resistentes. Resistiremos los golpes de las fuerzas del orden y de los competidores por igual.

Raphael planteó una pregunta legítima, en busca de una aclaración. "Gabriel, entiendo la necesidad de cambiar, pero ¿no es esto más peligroso? El fraude sanitario era nuestra especialidad. Aventurarse en estos nuevos territorios requerirá nuevos contactos y alianzas".

Gabriel asintió, reconociendo la válida preocupación. "Tienes razón. No será fácil, y tendremos que andar con cuidado. Pero hemos construido relaciones a lo largo de los años. Nuestra reputación nos precede, y eso será una ventaja. Tomaremos riesgos calculados, y tengo planes de conectarme con aliados confiables que puedan ayudarnos a navegar por estas nuevas aguas".

La sala se quedó en silencio mientras la tripulación contemplaba la proposición de Gabriel. El peso de sus éxitos anteriores y reveses recientes flotaba en el aire. Sabían que la inacción sería su perdición, y el plan de Gabriel presentaba una oportunidad para sobrevivir y riqueza.

—Confiamos en ti, Gabriel —dijo Raphael—. Guíanos en esta nueva dirección, y nosotros te seguiremos.

Con el apoyo de sus leales seguidores, Gabriel sintió una oleada de determinación. Sabía que el camino por delante sería traicionero, pero estaban unidos por una visión compartida y una lealtad feroz a su líder.

—Gracias —dijo Gabriel, con una sonrisa en las comisuras de los labios—. Juntos, forjaremos un camino hacia la prosperidad, y la PMC se levantará de nuevo, más fuerte y más formidable que nunca.

A medida que continuaba la reunión, Gabriel enfatizó la importancia de la lealtad y el secreto. Aclaró que la supervivencia de la PMC dependía de su unidad y discreción.

—Entonces, dime —dijo Michael con un dejo de diversión en su voz—, ¿cómo nos va en las calles de Miami? Nuestra operación parece ser como hielo seco: humeante, pero frío. —Se rió de su analogía.

Raphael, con expresión grave, respondió: "Las oficinas de suministros médicos han sido una operación desafiante pero, como siempre, muy lucrativa. Pero estamos haciendo progresos constantes. Nuestro equipo ha alquilado con éxito espacio de oficinas en varios lugares clave".

Hizo una pausa, moviendo los dedos. "En cuanto a Miami, tienes razón en que los lugareños son cautelosos. Demasiados han caído en manos de las fuerzas del orden, se están poniendo al día con el juego, día a día mejoran. Debemos andar con cuidado y generar confianza a través de nuestras redes. Tengo varios posibles reclutas en mente, profesionales descontentos que pueden ayudar a nuestros esfuerzos de lavado de dinero".

Los ojos de Raphael se endurecieron. "Los bancos son la parte más complicada. El aumento de los protocolos de seguridad hace que la extracción de grandes sumas sea cada vez más difícil. Sin embargo, tengo un plan para introducir negocios de efectivo estacionales en la mezcla, legales en la superficie, pero perfectos para inyectar nuestras ganancias malhabidas. Requerirá algo de capital inicial, pero estoy seguro de que podemos hacer que funcione".

Se echó hacia atrás, moviendo los dedos una vez más. "En general, la operación está avanzando. Despacio, metódicamente. No podemos permitirnos la impaciencia o la imprudencia. Confíe en mí para manejar los detalles. Me aseguraré de que las operaciones del Sindicato de Miami permanezcan firmes".

—Raphael, tú y yo vamos a trabajar estrechamente en nuestra operación en las calles de Miami —dijo Gabriel, reclinándose en su silla—. Espero que podamos ser sinceros el uno con el otro, como hablamos en Naples.

"Por supuesto. Valoro la honestidad y la lealtad por encima de todo. Yo seré el hombre de la calle, Gabriel, mientras tú manejas los hilos desde la trastienda como nuestro misterioso cerebro. Michael, nuestro socio fugitivo, las cosas no son mejores para nuestro compañero aquí.

Michael mira hacia Gabriel, tiene que mantener un perfil bajo por ahora. Raphael, de nuevo te diré esto, por favor nunca digas mi nombre, simplemente no existo en ninguna parte. Mantener la seguridad operativa es fundamental. Una vez más, nunca use mi nombre real ni ningún dato de identificación en sus comunicaciones con nadie en persona o especialmente por celular".

Raphael Santos lanzó una mirada profunda mientras Gabriel Cortez delineaba sus nuevas responsabilidades dentro del sindicato de Miami. Sabía que en este segundo encuentro varias llamadas llegaban con una inmensa confianza, pero Gabriel también había dado consecuencias si esa confianza alguna vez se rompía.

"Chino, encuentra a alguien en quien puedas confiar con tu vida, alguien que no se derrumbe bajo presión sin importar lo que le lancen los policías", le ordenó Gabriel. "Entrena a esta persona en todo lo que hagas por nosotros. Él será el filtro entre tú y la ley".

Chino ya tenía a alguien en mente. Un miembro de la familia que lo idolatraba y podía mantener la boca cerrada más fuerte que el agarre de una almeja en una perla. Le haría una oferta que no podría rechazar.

"Creo que ya hemos cubierto lo suficiente en esta reunión", retumbó la voz en la sala. "Pronto nos encontraremos en Miami. Vamos a repasar más detalles entonces, Raphael. Pero por ahora, tienes muchas tareas por delante".

—Mantente concentrado —continuó la voz, con una nota de advertencia en su tono—. Y mantente a salvo.

Mientras tanto, en Miami, el grupo de trabajo trabajó incansablemente, siguiendo cualquier pista que pudiera llevarlos al paradero de Michael. Revisaron los registros telefónicos, las transacciones financieras y las imágenes de vigilancia, reuniendo cualquier fragmento de información que pudiera orientarlos en la dirección correcta.

"No podemos aflojar", dijo un detective durante una sesión nocturna de lluvia de ideas. "Debemos mantener la presión y, eventualmente, lo encontraremos".

Capítulo 13

DISOLUCIÓN DE LA OSCURIDAD

Había llegado el día de la corte y los acusados subieron al estrado uno por uno, declarándose culpables de su participación en el caso de corrupción. El juez fijó fechas de sentencia separadas para el detective deshonesto, Anderson, y Raúl, el dueño del restaurante, para dar a sus casos la atención individual que merecían.

Mientras Raúl esperaba a que lo llamaran, una sensación de temor recorrió su espina dorsal. Había pasado incontables noches agonizando por este momento, repitiendo los eventos que lo habían llevado allí y preguntándose si había algo que podría haber hecho de manera diferente.

Cuando llegó el momento de Raúl Domínguez, el juez despejó la sala. Raúl respiró hondo y se paró frente al juez. La mirada del juez era severa, pero Raúl se armó de valor, listo para asumir la responsabilidad de sus actos.

"Sr. Raúl Domínguez, usted ha sido acusado de múltiples cargos de soborno, fraude y contravigilancia. ¿Cómo suplicas?"

—Culpable, señoría —contestó Raúl, con una voz apenas superior a un susurro.

El honorable juez Robertson asintió, anotando algunas notas. —Muy bien. Antes de determinar su sentencia, necesitaré que proporcione un testimonio completo de su participación en este caso".

El juez Robertson, un hombre de rostro severo y cabello canoso, llamó al orden a la sala del tribunal. Dirigió su mirada penetrante a la fiscal de los Estados Unidos, Alice Harper, con un traje impecable.

—Señora Harper —comenzó, con voz llena de autoridad—, le ordeno que convoque un gran jurado dentro de los próximos meses. El propósito es escuchar testimonios sobre las supuestas actividades fraudulentas que ocurren en las calles de Miami.

Alice Harper asintió, anotando notas furiosamente. —Sí, su señoría.

"Comenzarán escuchando el informe de Raúl Domínguez", continuó el juez. "Preste mucha atención a lo que él sabe, e igualmente importante, a lo que no sabe sobre esta organización".

La señora Harper alzó la vista, con una pregunta en los ojos. El juez se anticipó a su consulta.

"Sí, dije organización. Todos sabemos que hay un grupo estructurado detrás de estas actividades fraudulentas. Su gran jurado también escuchará a otros testigos que puedan tener conocimiento o participación en estas operaciones".

Mientras el juez hablaba, la sala del tribunal permanecía en silencio, la gravedad de la situación era profunda. La mente del fiscal se aceleró, considerando las implicaciones de esta directiva.

"Los hallazgos del gran jurado serán cruciales para determinar nuestros próximos pasos", concluyó el juez Robertson. "Debemos descubrir el alcance de este fraude en la atención médica y su impacto en nuestra ciudad. El tiempo apremia, señora Harper. Espero actualizaciones diarias sobre su progreso".

La fiscal federal se puso de pie, con una postura recta y decidida. —Entendido, señoría. Comenzaré los preparativos de inmediato.

Cuando el honorable Juez Robertson despidió a la corte, estalló una ráfaga de actividad. La fiscal federal Alice Harper se apresuró a salir, ya haciendo llamadas para reunir a su equipo. El juez observaba desde su estrado, con expresión sombría. Sabía que las próximas semanas serían cruciales para exponer la corrupción que se había arraigado en las calles de Miami.

Cuando la sala se vació, Julian y Jackie dejaron escapar un suspiro de alivio. Habían recibido las declaraciones de culpabilidad, y ahora centraron su atención en el siguiente paso: continuar la búsqueda de Michael Cruz.

La fiscal federal Alice Harper había hecho su trabajo, asegurando las condenas que habían buscado. Julian y Jackie estaban agradecidos por sus esfuerzos y se aseguraron de expresar su sincero agradecimiento mientras salían de la sala del tribunal.

Con los procedimientos legales detrás de ellos, Julian y Jackie ahora estaban enfocados en rastrear a Michael Cruz. Sabían que todavía estaba allí, evadiendo la captura, y estaban decididos a llevarlo ante la justicia. La caza estaba en marcha, y estaban más motivados que nunca para encontrar a su escurridizo objetivo.

Al salir a las calles de Miami, Julian y Jackie compartieron una mirada cómplice. El camino por delante podía ser largo y traicionero, pero estaban preparados para enfrentar cualquier desafío que se les presentara en el camino. Fueron impulsados por un sentido de propósito, un deseo de cierre y un compromiso inquebrantable de llevar esto hasta el final.

La búsqueda de Michael se intensificó, la presión aumentaba a medida que los detectives luchaban por encontrar algún rastro del escurridizo fugitivo. Se habían agotado todas las vías, desde vigilar a su familia hasta interrogar a sus asociados y registrar sus propiedades. Sin embargo, Michael parecía haberse desvanecido en el aire, dejando solo frustración y preguntas sin respuesta a su paso.

A medida que los días se convertían en semanas, Jackie Ortiz se desesperaba cada vez más. Hubo una profunda frustración a medida que se revisaban las imágenes de vigilancia, se escuchaban las llamadas interceptadas y se reconstruía toda la información disponible sobre las actividades de Michael. El grupo de trabajo depositó sus esperanzas en que cometiera un error: una llamada telefónica, un correo electrónico, cualquier cosa que los llevara a su paradero. Sin embargo, sus esfuerzos no dieron resultados.

En un último esfuerzo, recurrieron a reclusos federales posiblemente vinculados al sindicato de Miami. La esperanza era que alguien dentro de los muros de la prisión pudiera tener una pista sobre el paradero o las actividades de Michael. La prisión albergaba susurros y secretos, un microcosmos del mundo criminal. Los detectives lo vieron como una potencial mina de oro de información, donde las conexiones y lealtades se ponían a prueba en el crisol del encarcelamiento. Su esperanza se basaba en la creencia de que los reclusos asociados con el sindicato de Miami podrían poseer las piezas faltantes del rompecabezas de la desaparición de Michael.

Al entrar en la prisión, el detective Julián Prat y Jackie Ortiz se encontraron con fricciones tangibles. La supervivencia a menudo dependía de mantener el propio consejo en este entorno, donde las alianzas cambiaban y la confianza era escasa. Navegando por los pasillos, atrajeron miradas curiosas de los reclusos que reconocieron el emblema de las fuerzas del orden.

Reunirse con los reclusos requería un delicado equilibrio. Cada interacción implicó establecer una buena relación y extraer información mientras navegaba por las reglas tácitas de la jerarquía de la prisión. Algunos reclusos se mostraron cautelosos, sus palabras mesuradas. Otros, ansiosos por establecer conexiones más allá de los muros de la prisión, fueron más comunicativos y compartieron información potencialmente vital sobre la desaparición de Michael.

En una pequeña sala de visitas, el detective Julián Prat estaba sentado frente a un recluso cuyos ojos transmitían cansancio y resignación. Había sido testigo del ascenso y la caída de los imperios criminales, de las lealtades cambiantes y de las traiciones dentro de estos muros. Sus palabras fueron elegidas cuidadosamente, insinuando un mundo de tratos clandestinos y conversaciones susurradas.

Habló del sindicato de Miami en un tono tranquilo, describiendo su jerarquía, conexiones y la lealtad inquebrantable que une a sus miembros. Compartió historias de conversaciones escuchadas en celdas compartidas, fragmentos que insinuaban a un fugitivo llamado Michael. Los detectives escucharon atentamente, reuniendo mentalmente la información en su búsqueda de respuestas.

Pero no se trataba solo de lo que se decía, sino también de lo que quedaba por decir. Los reclusos tenían su código, su lenguaje existía entre líneas. Julian y Jackie descifraron mensajes ocultos, matices que revelaban la verdad en medio de las capas del engaño. Cada interacción era un rompecabezas, un mosaico de palabras y miradas que necesitaban ser decodificadas para extraer información valiosa.

Y, sin embargo, incluso en este mundo de medias verdades, los detectives sentían un deseo genuino de ayudar. Algunos reclusos, desgastados por años tras las rejas, estaban cansados del ciclo de crimen y castigo. Vieron la oportunidad de ofrecer una apariencia de redención, una oportunidad de ayudar y, potencialmente, recibir una reducción de sentencia.

Cuando Julián Prat y Jackie Ortiz salieron de la prisión, llevaban consigo una mezcla de frustración y nueva esperanza. Los reclusos habían proporcionado fragmentos de información, piezas de un rompecabezas más grande que era la desaparición de Michael. Ahora su tarea consistía en reconstruir meticulosamente esos fragmentos, descifrar los mensajes ocultos y seguir los tenues rastros que podrían acercarlos a la verdad.

Las semanas se prolongaron y la frustración se convirtió en desesperación. Justo cuando la esperanza parecía perdida, surgió un atisbo de un posible avance. Se recibió una llamada de un miembro de la familia de un recluso federal, alegando que el recluso poseía información de interés para los detectives. El grupo de trabajo no perdió tiempo y organizó una visita al Centro Correccional Federal.

Sentado frente al recluso en la estéril zona de visitas, el detective Julian se inclinó hacia delante, con la mirada fija en los ojos del recluso. – Mencionaste que tu compañero de celda podría tener alguna información. ¿Puedes contarnos más?

El recluso vaciló un momento, sus ojos parpadearon como si debatiera si compartir lo que sabía. Finalmente, su voz se inclinó apenas por encima de un susurro.

—Sí, Michael. Es parte de ese sindicato de Miami. Mi compañero de celda, él estaba en el Centro Correccional de Miami esperando su cita en la corte, y estaba con un tipo que era el coacusado de Michael. Habían contrabandeado teléfonos celulares. Los escuchaba hablar de que estaba huyendo.

Un escalofrío me recorrió la espalda. Esta era la oportunidad que habíamos estado esperando: una posible ventaja sobre el escurridizo Michael que habíamos estado tratando de derribar durante algún tiempo.

—¿Tu compañero de celda mencionó algo más? ¿Algún detalle sobre dónde podría estar escondido Michael? —Presioné, tratando de mantener la voz serena y calmada.

El recluso se movió, mirando a su alrededor como si buscara espías, incluso en este espacio confinado. "Hizo que pareciera que Michael había traspasado las fronteras, hombre. Dijo algo sobre las conexiones de alto nivel que lo sacaron del país. Y no es cualquier país, lo mantienen a salvo, ¿sabes?"

El detective Julian se echó hacia atrás, con la mente acelerada. —Entonces, ¿está diciendo que ya ni siquiera está en Estados Unidos?"

El recluso asintió, con expresión solemne. "Eso es lo que deduje. No son tontos. Saben que el calor está encendido aquí. Michael es demasiado valioso para dejar que lo atrapen."

La detective Jackie se inclinó hacia delante, con tono urgente. —¿Tu compañero de celda mencionó dónde podría estar?

El recluso negó con la cabeza, una mirada de frustración cruzó su rostro. "No, hombre, no son tan estúpidos como para revelar detalles como ese. Pero sí les oyó decir que Michael ha estado pasando desapercibido, manteniendo sus movimientos fuera del radar."

El detective Julian intercambió otra mirada con su compañero. —¿Tu compañero de celda dijo algo más? ¿Algo que pueda ayudarnos a localizarlo? —Sacudió la cabeza sombríamente—. Nada concreto.

El detective Julian se inclinó de nuevo hacia delante. "Gracias por compartir esto con nosotros. Su información podría ser un gran avance".

La mirada del recluso se volvió intensa, su voz baja y seria. "Mantén mi nombre fuera de esto, ¿oyes? Mi seguridad también está en juego".

El detective Julian asintió tranquilizadoramente. "Tienes nuestra palabra. Su cooperación no pasará desapercibida".

Al salir de la zona de visitas, los detectives intercambiaron opiniones en voz baja. —Si Michael está realmente fuera del país —absorbió el detective Julian—, tenemos una nueva serie de desafíos por delante.

Pero con el destello de esperanza encendido por las revelaciones del recluso, los detectives supieron que tenían un largo camino por delante. El sindicato había demostrado su capacidad para adaptarse y evadirse, pero estaban decididos a seguir todas las pistas, descifrar todos los códigos y, en última instancia, llevar a Michael ante la justicia, sin importar dónde se escondiera.

Capítulo 14

BÚSQUEDAS ENREDADAS

Julian y Jackie descubrieron que Michael Cruz se había aventurado mucho más allá de las fronteras del sur de Florida, adentrándose en las profundidades del submundo criminal de México. Su extensa red que abarcaba diferentes países lo había mantenido esquivo a la ley durante bastante tiempo.

—Es bastante evidente —comentó Julián—. No ha habido ningún rumor circulando en las calles de Miami. ¿Algún avistamiento de Michael?

El detective Julian Pratt y su compañera, Jackie Ortiz, cruzaron la frontera de Texas hacia México, siguiendo una pista en su caso en curso. Habían estado tras la pista de Michael Cruz durante un período considerable, y su determinación de llevarlo ante la justicia no hizo más que fortalecerse.

Conduciendo a través de las polvorientas ciudades fronterizas, Julian no podía deshacerse de una sensación de inquietud. La prevalencia de la actividad de los cárteles en esta región era notoria, lo que exigía precauciones adicionales. Agarró el volante con fuerza, escudriñando las calles en busca de signos de actividad sospechosa.

Su primera parada fue un motel en ruinas en las afueras de un pequeño pueblo. El gerente, un anciano curtido, los miró con recelo mientras mostraban sus credenciales y preguntaba sobre los huéspedes recientes que coincidían con la descripción de su sospechoso. Después de unos momentos de tensión, el gerente respondió: "Estás haciendo las preguntas equivocadas en el país equivocado, especialmente viniendo de los Estados Unidos. No obtendrás respuestas de los lugareños".

La detective Jackie Ortiz se dio cuenta de que no podían manejar esto solos. Se pusieron en contacto con sus homólogos de la Interpol, compartiendo sus descubrimientos y buscando ayuda para detener al fugitivo. Llevar su búsqueda de Michael a otro nivel tendría implicaciones significativas para su investigación.

Julian y Jackie viajaron a la Ciudad de México para

reunirse con la Interpol en relación con su investigación en curso. Como detectives de alto rango, eran responsables de recopilar inteligencia y coordinar esfuerzos con la agencia internacional de aplicación de la ley.

A su llegada al aeropuerto de la Ciudad de México, los detectives de Miami se dirigieron directamente a la oficina de la Interpol. Fueron recibidos por Gutiérrez, el agente principal que supervisa el caso, quien prometió proporcionar actualizaciones a medida que estuvieran disponibles.

Sentado frente a Gutiérrez en su oficina, Jackie Ortiz no perdió el tiempo y comenzó por presentarle un archivo completo que contenía toda la información y fotografías que el grupo de trabajo de Miami había reunido sobre su objetivo, Michael. Explicó que Michael Cruz era un fugitivo al que habían estado rastreando, y que creían que actualmente se escondía en México.

El Sr. Gutiérrez respondió: "México es un país enorme. Solo en la Ciudad de México hay más de 20 millones de habitantes. Pero nada es imposible. Tenemos muchos recursos y una red de informantes a nivel de la calle. Sin embargo, aquí en México, es una calle de doble sentido. Debemos proceder con extrema cautela. Las organizaciones criminales tienen más recursos e incluso mejores medidas de contravigilancia que las fuerzas del orden".

Cuando se puso en contacto con mi oficina por primera vez, me explicó la situación: que había un fugitivo escondido en mi país. Asigné a un par de agentes para que recopilaran información sobre Michael Cruz, la persona de interés.

Detectives de ambos lados de la frontera entraron, con expresiones una mezcla de anticipación y determinación. Fueron elegidos por su compromiso inquebrantable con la justicia y su probada capacidad para manejar tales operaciones.

Mientras Julian y Jackie intercambiaban una mirada tranquilizadora mientras se sentaban a la mesa. La atmósfera estaba cargada de expectación, el peso de la misión pesaba sobre sus hombros. La sala estaba ahora llena de profesionales que comprendieron la gravedad de la tarea.

Gutiérrez dio un paso al frente, llamando la atención.

—Damas y caballeros —comenzó, con voz baja y firme—. Estamos aquí para discutir un asunto de suma importancia.

Las cabezas asintieron con la cabeza, los agentes eran muy conscientes de la importancia. El oficial continuó: "Tenemos información creíble de que Michael, el fugitivo que hemos estado persiguiendo, se ha incrustado en una organización criminal mexicana".

Un murmullo de incredulidad se extendió por la habitación. Las implicaciones de esta revelación fueron vastas y complejas, y la influencia de estas organizaciones trascendió las fronteras y desafió las estrategias de aplicación de la ley.

—Nuestra misión es doble, —afirmó con firmeza el oficial de la Interpol—. Para aprehender a Miguel. No es una tarea fácil. Entendemos los riesgos.

La detective Jackie se inclinó hacia delante, con voz resuelta. "Hemos visto los estragos causados por las empresas criminales de Michael. Se han arruinado vidas inocentes. La justicia debe prevalecer".

El oficial estuvo de acuerdo. —Efectivamente. Pero no subestimemos la complejidad de nuestro adversario. Esta operación exige precisión, inteligencia y un trabajo en equipo inquebrantable.

El detective Julian escudriñó la habitación, observando rostros decididos. "Nos hemos enfrentado a la adversidad antes. Hemos abatido a poderosos criminales. Esto no es diferente. Un objetivo común nos une, y tenemos la experiencia para llevarlo a cabo".

La sala se sumió en un silencio concentrado mientras los agentes absorbían el peso de su compromiso. El ambiente estaba cargado, una mezcla de determinación y aprensión.

"Mantendremos restringidos los detalles de la operación", advirtió el oficial de Interpol, con tono grave. "Solo los que están en esta sala conocerán nuestra estrategia. No podemos subestimar el alcance de las organizaciones criminales mexicanas".

Fuera de la sala de reuniones, la vida continuaba sin darse cuenta de la tormenta que se estaba gestando dentro de la oficina de Interpol en la Ciudad de México. Los agentes se dispersaron, concentrados en el peligroso camino que tenían por delante, compartiendo la esperanza de que sus esfuerzos llevaran a Michael ante la justicia.

La participación de Interpol intensificó la urgencia de la situación. Sus esfuerzos combinados serían cruciales para perforar las capas secretas de Michael. Los detectives regresaron a Miami, trabajando incansablemente, analizando datos, rastreando transacciones e identificando casas seguras.

En Miami, Sophia caminaba por el piso de su apartamento, con la mente en confusión. La llamada telefónica de Gabriel la había dejado inquieta, sintiendo el peso de un secreto tácito que guardaba.

La participación de Gabriel en actividades criminales hizo que la mente de Sophia se acelerara con pensamientos sobre su relación. No podía seguir así. Lo amaba profundamente, pero el miedo constante de perderlo en el peligroso mundo por el que navegaba pesaba mucho en su corazón. Había crecido en un mundo muy alejado del suyo, anhelando estabilidad y normalidad.

Agarrando su teléfono con fuerza, su corazón latía con fuerza cuando el nombre de Gabriel apareció en la pantalla. Con una respiración temblorosa, respondió a la llamada.

—¿Hola? —Su voz temblaba, la ansiedad y la anticipación eran evidentes.

—Soy yo —se oyó la voz de Gabriel, con cansancio y tranquilidad mezclados en sus palabras.

Apoyada en las almohadas de felpa, la mirada de Sophia recorrió el espacio, una súplica silenciosa que persistía en el aire. "Gabriel, ¿me oyes? ¿Estás a salvo?" La preocupación en su voz era inconfundible, haciéndose eco de la profundidad de su inquietud.

Su respuesta mesurada como si eligiera sus palabras con cuidado. —Estoy a salvo, Sophia. Eso es lo que más importa en este momento.

El alivio la inundó cuando cerró los ojos brevemente.

—Gracias a Dios —susurró ella, aflojando el agarre del teléfono.

—Sé que tienes preguntas —continuó Gabriel, tenso pero decidido—. Y prometo que te lo explicaré todo. Pero no puedo arriesgarme a decir demasiado por teléfono.

La frustración nubló la expresión de Sophia.

—Gabriel, por favor, tienes que decirme algo. No puedo quedarme aquí sentada en la oscuridad.

Suspiró profundamente.

—Ojalá pudieras creerme. Pero hay cosas que no puedo

discutir en este momento.

Los dedos de Sophia volvieron a apretarse alrededor del teléfono, con los pensamientos acelerados.

—Esto no es como tú, Gabriel. Estar involucrado en algo tan peligroso.

Una pausa, luego la voz de Gabriel, lidiando con su respuesta.

—Lo sé, Sophia. Sé que es difícil de entender. Pero necesito que confíes en mí.

Las lágrimas brotaron de los ojos de Sophia, las emociones se arremolinaron.

—Confío en ti, Gabriel. Pero necesito saber que no estás en un lío o haciendo algo que pueda destruirnos.

Su voz se suavizó, vulnerable.

—Nunca quise que nada de esto te tocara, Sophia. Significas todo para mí.

Secándose una lágrima, la voz de Sophia tembló.

—Entonces vuelve, Gabriel. Sea lo que sea, lo resolveremos juntos.

La respuesta de Gabriel estuvo teñida de tristeza.

—Desearía que fuera así de simple, pero no puedo. Solo debes saber que estoy haciendo todo lo posible para mantenerte a salvo.

Le dolía el corazón al sentir la distancia.

—¿Cuándo te volveré a ver?" —susurró.

—No tengo una respuesta exacta —admitió Gabriel, con una incertidumbre que se hacía eco de la suya—.

Un silencio pesado, emociones llenando el vacío. Sophia cerró los ojos, tratando de estabilizarse.

—Prométeme que tendrás cuidado —dijo ella, con la voz ligeramente quebrada.

—Te lo prometo, Sophia. Haré lo que sea necesario para hacer las cosas bien.

Al despedirse, la preocupación, el miedo y un profundo anhelo llenaron a Sophia. Sentada en la quietud de su apartamento, esperaba el día en que sus caminos se volvieran a cruzar.

A medida que la investigación de la Interpol se intensificaba, se acercaron a las actividades de Michael Cruz en Cancún. La evidencia pintó un panorama inquietante: Michael estaba profundamente involucrado en redes de corrupción y lavado de dinero, similares al Sindicato de Miami en el sur de Florida. Sin embargo, a pesar de la implacable persecución, Michael seguía siendo esquivo, escabulléndose cada vez que las autoridades pensaban que lo tenían acorralado. Siguió siendo un operador suave, usando el encanto y las conexiones para mantenerse a la vanguardia.

Capítulo 15

CRUZANDO LAS FRONTERAS DEL ENGAÑO

Cuando el día se acercaba a su fin, el sol descendió lentamente hacia el horizonte, proyectando un resplandor cálido y vibrante sobre el horizonte de Miami. El detective Julián Pratt estaba en su despacho, sumido en sus pensamientos, tratando de procesar la información que acababa de recibir de la Interpol. Las noticias eran a la vez prometedoras e inquietantes: su próximo destino en la búsqueda de Michael era Cancún, México, un lugar lleno de peligro y misterio.

Julián frunció el ceño mientras examinaba los detalles, sus dedos tamborileaban ansiosamente sobre el escritorio.

El rastro los había llevado hasta allí, pero la perspectiva de aventurarse en una región tan traicionera lo llenaba de inquietud. Los cárteles, la corrupción y la violencia se cernían en las calles de Cancún, aumentando lo que estaba en juego.

La detective Jackie entró en la habitación, con una expresión mezcla de determinación y preocupación. "Julián, la Interpol acaba de enviar algunos datos preliminares. Han delimitado una posible ciudad y área donde Michael podría estar escondido".

Julián alzó la vista y se encontró con la mirada de Jackie. "Sí, recibí el mismo memorándum".

Ella asintió, dando golpecitos en su tableta. "Cancún. Es un punto turístico, por lo que le resulta fácil mezclarse. La zona es conocida por sus redes criminales clandestinas, un probable refugio para alguien como Michael".

La mandíbula de Julián se tensó mientras absorbía la información. Cancún era conocido como un refugio para aquellos que buscaban el anonimato, donde la legalidad se confundía con la anarquía.

"Tenemos que proceder con cautela", dijo, con un tono cauteloso pero decidido. "No podemos darnos el lujo de hacer movimientos imprudentes que podrían poner en peligro la operación".

Jackie estuvo de acuerdo, su mirada inquebrantable. "La

Interpol nos advirtió sobre las organizaciones criminales locales. Tenemos que estar preparados para la resistencia".

Mientras discutían su estrategia, Julián no podía quitarse de encima la sensación de que lo que estaba en juego había alcanzado un nivel sin precedentes. La presión era para finalmente detener a Michael, para cerrar el capítulo de la implacable persecución que los había consumido durante tanto tiempo.

Mientras tanto, Gabriel y Michael navegaban a través de las bulliciosas multitudes de la vida nocturna de Cancún, envueltos en su vibrante energía. Sin embargo, bajo la superficie, una peligrosa corriente subterránea acechaba. En medio de los ritmos del club, entablaron una conversación en voz baja, conscientes de los riesgos que los rodeaban.

Mirando por encima del hombro, maniobraron a través de callejones poco iluminados, desconfiados de las posibles amenazas que acechaban en las sombras. Las animadas calles dieron paso a una realidad más cruda: traficantes de drogas merodeando, estallando peleas ocasionales.

—No podemos quedarnos aquí —la voz de Michael cortó el caos, las luces de neón iluminaban su entorno.

Gabriel asintió, reconociendo la dureza de su realidad mientras navegaban entre la multitud. "Este caos es nuestro dominio, Michael. Debemos abrazarlo, aprovecharlo a nuestro favor".

"Con nuestras conexiones establecidas", continuó Gabriel con confianza, "estamos preparados para expandirnos más allá del fraude en la atención médica, explorando nuevas vías de poder y ganancias".

"Nuestra fuerza radica en nuestra adaptabilidad", afirmó Gabriel, con una sonrisa en sus labios. "Es hora de redefinir nuestro legado, remodelarlo para el futuro".

Michael lo miró con una sonrisa. "Si nuestro legado se basa únicamente en delitos ilícitos, entonces es hora de un cambio".

Al pasar por un vibrante club nocturno, la música palpitaba y los cuerpos que se balanceaban insinuaban la tentación. Gabriel, en una misión, encontró que el encanto era demasiado fuerte para resistirse. La energía era eléctrica, con cuerpos que se movían en sincronía con el bajo. Con un hambre compartida en sus ojos, cambiaron de dirección, atraídos por la promesa de emoción.

Gabriel entró en el abarrotado club nocturno, sus sentidos inmediatamente abrumados por la embriagadora mezcla de perfume y alcohol que flotaba pesadamente en el aire. Luces vibrantes bailaban por toda la habitación, coincidiendo con el ritmo palpitante que parecía recorrer a todos en la pista de baile.

Con una copa en la mano, Gabriel se rindió al ritmo, su cuerpo se balanceaba con energía eléctrica. Sus ojos escudriñaron la masa retorcida de bailarines, en busca de esa chispa, esa atracción magnética de la conexión. De repente, el tiempo pareció ralentizarse cuando su mirada se cruzó con una belleza de cabello negro, sus movimientos hipnóticos y acogedores.

Atraído por una fuerza irresistible, Gabriel se acercó a ella y a su amiga, sus pasos cayeron naturalmente en sincronía con los de ellos. La música palpitaba a su alrededor, creando una burbuja íntima en el caos del club. Sus cuerpos se movían en armonía, una conversación sin palabras sobre el deseo y la libertad.

La intensidad llenó el ambiente cuando Michael, el amigo de Gabriel, se unió a su baile. Los cuatro cuerpos se entrelazaron, alimentándose mutuamente de la energía, creando una sinfonía de movimiento y emoción. Las inhibiciones se desvanecían con cada latido, revelando versiones crudas y desinhibidas de sí mismas.

Gabriel sintió una oleada de electricidad cuando los dedos de la mujer rozaron su brazo, su tacto encendió un anhelo que había enterrado en lo más profundo de su ser. Su cálida sonrisa le hizo señas para que se acercara, instándolo a soltar sus muros cuidadosamente construidos. A su lado, Michael reía con alegría desenfrenada, un lado de él que Gabriel nunca había presenciado.

A medida que avanzaba la noche, Gabriel se dio cuenta de que esto trascendía la mera atracción física. Fue un despertar espiritual, un redescubrimiento de la profunda belleza de la conexión humana. Vio la misma epifanía reflejada en los ojos de Michael, en la tierna forma en que las dos mujeres se apoyaban mutuamente.

La música se hizo más lenta, pero el corazón de Gabriel siguió latiendo. La gratitud se apoderó de él, por la euforia de la noche, por el recordatorio de que incluso en los lugares más inesperados, las almas pueden tocar y transformarse. Mientras intercambiaban abrazos de despedida, el tono cargado de promesas tácitas y de un nuevo entendimiento.

Capítulo 16

LA CACERÍA DE CANCÚN

El vuelo a México fue tenso, lleno de anticipación e incertidumbre. Julián y Jackie, armados con datos preliminares de la Interpol, descendieron al vibrante caos de Cancún. El horizonte de la ciudad emergía en el horizonte, una belleza engañosa que ocultaba los peligros que acechaban.

Al salir del aeropuerto, Julián quedó impresionado por las imágenes y los sonidos de Cancún. Las bulliciosas calles y el trasfondo de tensión contrastaban fuertemente con la seguridad de Miami.

Su contacto en el aeropuerto los escoltó a una camioneta y

el grupo partió hacia la sede. Jackie dominó la conversación durante el viaje, mientras que el agente de la Interpol permaneció en silencio debido a su limitado dominio del inglés.

Julián, sentado en silencio junto a Jackie, se esforzaba por formular respuestas coherentes. Su español pasable le permitió captar la esencia de su ansioso monólogo, pero el verdadero compromiso lo eludió.

El viaje al cuartel general fue tenso y forzado, interrumpido solo por los arrebatos ocasionales de Jackie. Julián vio pasar el paisaje urbano, con la mente llena de preguntas sin respuesta e inquietud.

Al llegar al imponente edificio gubernamental, el agente de la Interpol les hizo señas de llegada. Al entrar en el cuartel general, el peso de sus objetivos compartidos flotaba en el aire.

Al ser recibido en la habitación por el agente López, de rostro severo, la tensión llenó el aire. Sabían que este encuentro sería crucial, determinando el destino de su misión.

El agente López los evaluó, reconociendo lo mucho que estaba en juego y la necesidad del éxito. Esbozó los detalles de la operación, haciendo hincapié en la necesidad de una dedicación y concentración absolutas.

Julián y Jackie se sintieron atraídos por la intensidad

de López, unidos en su convicción de llevar a cabo la misión. Compartieron una mirada significativa, su historia compartida fortaleció su determinación.

Al entrar en la sala de prensa, escucharon atentamente mientras López no perdía el tiempo en profundizar en los detalles de la operación. Su disposición se comunicaba a través de asentimientos, estaban preparados para enfrentar cualquier obstáculo que se les presentara.

El agente López pintó una imagen vívida del traicionero camino que se avecinaba, pero Julián y Jackie no se inmutaron. Eran agentes experimentados, que no estaban dispuestos a flaquear ante la adversidad.

En la habitación adornada con mapas y fotos de vigilancia, surgió una imagen más clara del posible paradero de Michael. Cada pieza de información contribuyó al rompecabezas, formando lentamente una imagen coherente.

En el mapa más grande, había alfileres rojos esparcidos a lo largo de un sendero, marcando los vecindarios y lugares que Michael supuestamente había visitado. Siempre había sido hábil para cubrir sus huellas, pero la red de informantes y agentes de inteligencia había logrado rastrear sus movimientos, desde callejones hasta clubes y restaurantes.

A medida que el agente López discutía sus hallazgos, una sensación de determinación llenó la habitación. Centímetro a centímetro, se acercaban a su objetivo, acercándose cada vez más. Michael los había eludido en el pasado, pero esta vez, se sentían seguros de que tenían la ventaja. Con los recursos de la Interpol y el profundo conocimiento de la policía local sobre el paisaje de la ciudad, estaban seguros de que lo localizarían y lo llevarían ante la justicia.

Aunque la misión estaba lejos de terminar, el equipo podía sentir que el impulso cambiaba a su favor. Habían dado un paso más para poner fin al reinado de Miguel. Las paredes de la sala fueron testigos de su determinación colectiva, sirviendo como testimonio del poder de la colaboración y una búsqueda inquebrantable de la verdad.

Finalmente, la reunión llegó a su fin. Todos se despidieron y Julián y Jackie se dirigieron a sus respectivas habitaciones de hotel.

Ansiosos por refrescarse y encontrar un restaurante acogedor para una comida caliente, Julián y Jackie no podían esperar para dejar atrás el largo y emocionalmente agotador día. La satisfacción del trabajo bien hecho los llenaba de energía.

Cuando Jackie entró en la ducha, el agua tibia lavó el estrés del día, dejándola fresca y rejuvenecida. Ahora estaba lista para disfrutar de una deliciosa cena. Después de secarse con la toalla, Jackie se puso rápidamente ropa cómoda e informal y se dirigió al vestíbulo para encontrarse con Julian.

Jackie Ortiz entró en el ascensor y las puertas metálicas se cerraron suavemente detrás de ella. A medida que descendían los números del piso, no podía quitarse de encima la sensación de que algo era diferente, un sutil cambio en el aire.

Cuando se abrieron las puertas del ascensor en el vestíbulo, Julián se quedó allí, esperando con su sonrisa familiar y desarmante. —Jackie —dijo, con la voz llena de calidez—, te ves impresionante.

Sintiendo que su estómago rugía, Julian y Jackie deambularon por las bulliciosas calles de la ciudad, decididos a encontrar el restaurante mexicano perfecto para cenar. Pasearon por cafés abarrotados en las calles de Cancún y bistrós de moda, sus ojos escanearon cada escaparate en busca de un ambiente acogedor.

—Debe de haber algo bueno por aquí —dijo Jackie con hambre y anticipación evidentes en su voz—.

Decidido, Julián respondió: "Encontraremos el lugar correcto, estoy seguro de ello".

Al doblar la esquina, un cálido resplandor emanaba de un encantador establecimiento enclavado entre dos edificios. El letrero sobre la puerta decía "Parrilla Orale Guerito".

—Esto parece prometedor —comentó Julián—. Sí, estuvimos de acuerdo en el mexicano.

Empujaron la pesada puerta de madera e inmediatamente abrazaron el ambiente acogedor e íntimo. Una luz tenue iluminaba las ricas paredes de color burdeos y los robustos muebles de roble. En la esquina, una banda de mariachis tocaba una melodía suave, calmando sus sentidos.

La anfitriona los recibió con una cálida sonrisa.

—¿Mesa para dos?

Los condujeron a un lugar apartado cerca de la ventana, que ofrecía una pintoresca vista de la bulliciosa ciudad exterior. Al acomodarse en las lujosas sillas de respaldo alto, una sensación de alivio y satisfacción los inundó.

Nunca habían pasado tiempo juntos fuera del trabajo, y ahora se encontraban solos en un entorno romántico: un restaurante con poca luz en Cancún, México. El suave resplandor de la luz de las velas iluminaba sus rostros mientras se miraban el uno al otro, sorprendidos e intrigados a partes iguales por este inesperado giro de los acontecimientos.

Jackie, normalmente serena y profesional en la oficina, sintió un aleteo en el pecho cuando se encontró con los cálidos ojos marrones de Julian. Él, a su vez, no pudo evitar notar la forma en que la luz de las velas bailaba sobre sus delicadas facciones, proyectando un resplandor casi etéreo. Por un momento, un cómodo silencio se mantuvo entre ellos, ambos inseguros de cómo proceder.

De repente, la presa se rompió y las palabras salieron a raudales. Hablaban apasionadamente de sus sueños, sus miedos, sus triunfos y sus decepciones, cosas que nunca se habían atrevido a compartir dentro de los confines del lugar de trabajo. Su conversación tenía una crudeza e intimidad que los dejaba sintiéndose vulnerables pero extrañamente liberados.

A medida que avanzaba la noche, el espacio entre ellos se hacía más pequeño y el ambiente chisporroteaba con una vivacidad que nunca antes habían experimentado. Jackie trazó el contorno de la mano de Julián, maravillándose de los dedos callosos que contradecían su naturaleza gentil. Julián, a su vez, colocó suavemente un mechón de pelo suelto de Jackie detrás de su oreja, las yemas de sus dedos se detuvieron en la suave piel de su mejilla.

Siempre habían sido amigos y colegas, pero en este momento, se convirtieron en algo más: dos almas conectadas a un nivel que trascendía sus roles profesionales.

Jackie interrumpió el momento, sabiendo que no podían dejar que fuera más allá. "Julián, soy una mujer casada. Aunque no estoy felizmente casada, sigo casada. Tenemos que volver a cómo eran las cosas, mantenerlo profesional y mantener nuestro enfoque donde pertenece. Por mucho que quiera que esto suceda, no puede".

Julian suspiró, con la voz llena de pesar. "Vamos a fingir que esto nunca sucedió".

Intercambiaron una mirada agridulce, reconociendo la realidad a la que se enfrentaban. El sueño tenía que terminar, y tendrían que volver a sus respectivos caminos, dejando atrás sus momentos robados de conexión.

El corazón de Julian se aceleró mientras miraba a los ojos de Jackie, sus cuerpos estaban a centímetros de distancia. La tensión en el aire era espesa, meses de deseo tácito amenazaban con encenderse. Con manos temblorosas, Julian acarició la cara de Jackie, su respiración entremezclada.

Los dedos de Julian trazaron la línea de la mandíbula de Jackie, su tacto eléctrico.

—Pero hemos esperado tanto tiempo —murmuró, acercándose más—.

Jackie dio un paso atrás, con lágrimas en los ojos. "Mi matrimonio... No es perfecto, pero sigue siendo sagrado. Tenemos que parar esto".

Los hombros de Julian se desplomaron, su expresión era una mezcla de anhelo y resignación. "Lo sé. Sólo... Nunca antes me había sentido así por nadie".

La voz de Jackie se quebró. "Yo tampoco. Pero tenemos responsabilidades, vidas que hemos construido. No podemos tirarlo todo por la borda".

Permanecieron en silencio, con la decisión pendiendo pesadamente entre ellos.

—¿Y ahora qué? —preguntó Jackie, su voz apenas audible.

Julián se enderezó, forzando una sonrisa. "Regresamos. Tú a tu matrimonio, yo a mi... libertad. Nos enfocamos en el trabajo, en nuestras carreras".

Julián negó con la cabeza, con los ojos brillantes. "¿Pretender que esto nunca sucedió?"

—Es la única manera —respondió Jackie, con el corazón destrozado por cada palabra—.

Compartieron una última y prolongada mirada, memorizando cada detalle de este momento prohibido. Las palabras no dichas pasaron entre ellos. El anhelo, el arrepentimiento, la pasión ardiente sobre la que nunca pudieron actuar. Sus ojos transmitían lo que sus corazones no podían: un amor que desafiaba sus circunstancias, sus compromisos y sus propias vidas.

Capítulo 17

BUSCANDO A MICHAEL

Con la determinación grabada en sus rostros, los detectives de Miami Julián y Jackie, acompañados por oficiales de la Interpol, salieron a las bulliciosas calles de Cancún. La vibrante ciudad vibraba con vida, pero los detectives seguían concentrados en su misión: encontrar a Michael, el escurridizo cerebro criminal que habían estado persiguiendo durante algún tiempo.

Navegando por el laberinto de callejones y mercados abarrotados, el equipo agudizó sus sentidos, buscando cualquier pista que pudiera llevarlos a su objetivo. El aire zumbaba con electricidad mientras se adentraban en el

199

intrincado inframundo de Cancún, encontrándose con una red de corrupción y engaño.

Conscientes de que el tiempo se acababa y necesitaban regresar a Miami en los próximos días, Julián y Jackie sabían que se enfrentaban a un desafío formidable. Michael era un fantasma, un maestro del disfraz y el engaño, siempre un paso por delante. Sin embargo, se negaron a rendirse, impulsados por una determinación inquebrantable de llevarlo ante la justicia y dar un cierre a las innumerables vidas que había destruido.

Al seguir adelante, los detectives se encontraron con una red de informantes y personajes turbios, cada uno con su agenda. Tenían que andar con cuidado, distinguiendo la verdad de las mentiras y construyendo un mosaico de información que pudiera llevarlos al paradero de Michael.

Las calles de Cancún se convirtieron en su campo de batalla, un complejo laberinto donde la línea entre el bien y el mal se difuminaba. Julián y Jackie lucharon contra el tiempo y confiaron en sus instintos como sus únicas armas en este juego del gato y el ratón de alto riesgo.

La incesante persecución pesaba mucho sobre sus hombros, y el riesgo de fracaso se cernía sobre ellos. Sin embargo, con cada pista que seguían, los detectives se acercaban poco a poco a su escurridizo objetivo, y su determinación se fortalecía con cada paso.

Mientras se mezclaban con la multitud del inframundo, Jackie entablaba conversaciones sin esfuerzo, tejiendo historias que intrigaban y cautivaban a sus nuevos conocidos. Su comportamiento amigable y su capacidad para conectarse con las personas a nivel personal le permitieron ganarse rápidamente su confianza.

Julián Prat, en cambio, siempre había sido una figura tranquila y modesta. Su limitado dominio del idioma local lo convirtió más en un observador que en un hablador. Sin embargo, en el sombrío mundo de los criminales serios, este mismo rasgo se convirtió en su mayor fortaleza.

Con el paso del tiempo, el equipo se adentró más en el mundo de los criminales, entendiendo poco a poco su lenguaje y descifrando sus señales secretas. Descubrieron los diferentes niveles de poder entre los criminales, identificando quién tenía las riendas y quién simplemente los seguía.

Con cada nueva persona que encontraban, Julian y Jackie aprendían un poco más sobre el posible paradero de Michael. Recogieron pistas y pistas, armando lentamente el rompecabezas de su ubicación.

Al convertirse en locales, se ganaron la confianza de los que estaban en el mundo criminal. Esta confianza les permitió recopilar más información, acercándolos cada vez más a encontrar a Michael. Cada conversación e interacción los impulsó un paso más cerca de resolver el misterio que estaban persiguiendo.

Una noche, mientras Julián estaba sentado en un bar oscuro cerca de su hotel, escuchó a dos individuos intoxicados que conversaban en voz baja. Lo que escuchó le provocó escalofríos. Hablaban de alguien llamado "Puma", una figura misteriosa que operaba de manera encubierta, moviendo hilos detrás de escena en el mundo criminal.

Los sentidos de Julián se agudizaron mientras escuchaba atentamente. Parecía que Puma imponía respeto y no se podía jugar con él. Los rumores sugerían que este individuo se destacaba por llevar a cabo operaciones criminales sin problemas y evadir la detección.

Al darse cuenta de la importancia potencial de Puma en su búsqueda de Michael, Julián decidió investigar más a fondo. Desentrañar el misterio que rodea a Puma podría arrojar pistas cruciales sobre el paradero de Michael. Con determinación, Julián tomó nota mental para profundizar en esta enigmática figura, comprendiendo que podría acercarlos a su objetivo.

Despertado por la curiosidad, Julián siguió en silencio a los hombres mientras salían del bar, manteniendo un alto nivel de alerta. Serpentearon por calles estrechas y carreteras desiertas hasta que llegaron a un edificio sencillo en las afueras de la ciudad. Julián permaneció a una distancia segura, observándolos cuando entraron en el edificio y escuchó que la puerta se cerraba con un estruendo resonante.

Al día siguiente, durante su patrullaje de rutina, Julián se acercó al agente de la Interpol López y le preguntó por El Puma. La respuesta de López fue inmediata y grave.

"¿El Puma? Sí, estoy familiarizado con ese nombre. Es un hombre muy peligroso. Si podemos detenerlo, puede que tenga información que nos lleve hasta el escurridizo fugitivo, Michael".

"Centrémonos en encontrar a Puma. Podemos empezar por revisar el bar que frecuenta en las afueras de la ciudad", sugirió López. Juntos, López y Julián entraron en el establecimiento con poca luz, escudriñando la habitación hasta que sus ojos se posaron en un hombre corpulento sentado solo en la esquina.

Acercándose cautelosamente, los detectives mostraron sus placas. "El Puma, nos gustaría hablar contigo", dijo López con firmeza. "Tenemos razones para creer que puede poseer información sobre el paradero de Michael, un hombre buscado de Miami".

Los oficiales fueron examinados por el hombre, con los ojos entrecerrados. —No he oído hablar de nadie que se llame Michael —refunfuñó, dando un sorbo deliberado a su bebida.

Inclinándose, López habló en voz baja. "Escucha, estamos al tanto de tus conexiones. Si nos ayudas a localizar a este tipo, te deberé un gran favor. Nunca se sabe cuándo puedes necesitar un favor a cambio".

El Puma sopesó la oferta, considerando cuidadosamente sus opciones. Después de un tenso momento de silencio, finalmente habló. "Está bien, podría tener alguna información.

Con base en la inteligencia recopilada en las calles, han circulado rumores sobre un hombre conocido como "El Senior Cubano" que supuestamente se esconde en un pueblo cercano. Los detalles disponibles son escasos, pero las fuentes parecen creíbles.

El Cubano es una figura escurridiza, posiblemente involucrada en actividades clandestinas. Los residentes locales han guardado silencio sobre su paradero y acciones, pero hay rumores que sugieren avistamientos de él en las afueras de la ciudad vecina.

La naturaleza exacta de su participación y las razones de su necesidad de esconderse siguen sin estar claras. Sin embargo, el hecho de que se le conozca únicamente por el alias de "El Cubano" sugiere posibles vínculos cubanos o de origen cubano. Está manteniendo deliberadamente un perfil bajo por razones desconocidas, pero me pondré en contacto contigo si escucho algo".

Mientras tanto, Gabriel y Michael esperaban ansiosos

una llamada de Raphael Santos. Raphael había estado gestionando los asuntos comerciales de la PMC durante la ausencia de Michael durante unos meses.

Gabriel acababa de informarle a Michael que regresaría a Miami en los próximos días. Esta noticia trajo una sensación de alivio a Michael, sabiendo que el regreso de Gabriel traería el liderazgo y la estabilidad que tanto necesitaba el Sindicato de Miami.

A medida que pasaban los minutos, la impaciencia de Gabriel crecía, anticipando ansiosamente la llamada de Raphael. Necesitaban una actualización completa sobre el estado de las operaciones en curso y cualquier problema urgente que pudiera haber surgido antes de que Gabriel cruzara la frontera. Quería evitar sorpresas.

Las actividades de la PMC exigían una supervisión constante y una rápida toma de decisiones. Con Michael huyendo, Raphael Santos había estado asumiendo una pesada carga para mantener las operaciones sin problemas.

"Escucha, Gabriel, tengo algo que decirte. Sé que siempre has estado en desacuerdo con mi decisión, pero escúchame. En unas semanas, cruzaré y regresaré a Miami, y creo firmemente que es la opción correcta para mí", expresó Michael, con la voz llena de convicción. "Gabriel, entiendo tus preocupaciones, Cancún puede ser un lugar peligroso, especialmente para alguien como yo; no pertenecemos aquí, y nuestras diferencias son notables, a pesar de hablar español. Esa es solo una de las razones detrás de mi decisión. Conozco Miami como la palma de mi mano. Tengo conexiones allí, familia y personas de confianza que pueden mantenerme oculto".

"Podría ser más fácil para mí desaparecer allí que aquí en Cancún", continuó Michael, enfatizando su convicción. "Además, podré integrarme mucho mejor. Gabriel, lo he pensado a fondo, te lo prometo. Todo va a estar bien".

El rostro de Gabriel mostraba preocupación, su ceño fruncido por la preocupación. "Pero quiero garantizar tu seguridad", suplicó. "Cancún puede ser abrumador, pero en Miami, te estarás poniendo en peligro".

Colocando una mano en el brazo de Gabriel, Michael lo miró a los ojos. "A veces, Gabriel, solo tienes que arriesgarte".

"Está bien, Michael, escucha con atención. Eres un hombre buscado, un fugitivo que huye, y cuando cruces a Miami, tendrás que cumplir con un conjunto completamente diferente de reglas. No hay lugar para el error, ¿entiendes?" Gabriel habló con autoridad, dando instrucciones.

"Lo primero es lo primero, necesitarás teléfonos desechables, uno para cada persona con la que necesites comunicarte. No se pueden rastrear las conexiones entre sus asociados. Haz que sea lo más difícil posible para cualquier persona rastrear tus movimientos o comunicaciones".

"Y necesitará un conductor dedicado, sin excepciones. Sé que crees que puedes manejarlo, pero debes tener mucho cuidado: Miami no es un paseo por el parque. Un solo paso en falso y se acabó el juego. El conductor debe ser absolutamente confiable; Alguien a quien confíes tu vida".

"Mira, entiendo que estás acostumbrado a tomar las decisiones, pero este es un juego diferente. Es un asunto serio. Si te equivocas, no solo estará en juego tu vida. Entonces, sigue estas reglas al pie de la letra, ¿lo comprendes? Sin atajos, sin excepciones. Todos los aspectos deben ser infalibles, herméticos y a prueba de balas".

"Esto no es un juego, Michael, es tu vida. Por lo tanto, es crucial que tenga todos los detalles resueltos y todos los planes de contingencia en su lugar. Si no lo haces, no serás solo tú quien pague el precio. ¿Entiendes?"

Unos días más tarde, Gabriel y Michael estaban comiendo algo de un camión de comida en la esquina de la calle cuando un niño se les acercó.

—Oye, tengo un mensaje para Cubita de parte de Puma, —dijo el niño.

Gabriel y Michael intercambiaron miradas.

—Está bien, ¿cuál es el mensaje? —respondió Michael.

—Algunos gringos han estado haciendo preguntas sobre Michael. Quieren saber dónde encontrarlo, —respondió el niño.

Michael frunció el ceño.

—¿Así que de alguna manera saben que estoy aquí? Maldita sea, eso no es bueno.

—Sí, hombre. Puma dijo que te dijera que mantuvieras un perfil bajo y te mantuvieras a salvo, —dijo el niño antes de darse la vuelta y desaparecer de nuevo en la calle abarrotada.

Gabriel le dio un mordisco a su taco, con la mente acelerada. —¿Son estos los federales otra vez?

Michael negó con la cabeza. "Si estos gringos están preguntando por ahí, no puede ser bueno".

Los dos hombres terminaron rápidamente su almuerzo, una sensación de inquietud se apoderó de ellos.

Era un acuerdo silencioso de que su viaje los había cambiado, dejando una marca que no se desvanecería fácilmente, incluso cuando regresaran a la familiaridad del pulso vibrante de Miami. Julián se volvió hacia Jackie, con los ojos ardiendo con apasionada intensidad. "No puedo dejar de pensar en lo que casi pasó allí. ¿Te sientes de la misma manera?" Jackie hizo una pausa y Julian habló con firmeza: "¿Quizás algún día podamos terminar lo que empezamos?"

El corazón de Jackie se aceleró, dividido entre el deseo

de ceder a sus sentimientos y el peso de sus votos. Miró a los ojos suplicantes de Julian, sus propias emociones se arremolinaron.

—Tenemos que olvidar ese momento —dijo ella, con una voz apenas superior a un susurro—. Soy una mujer casada.

Las palabras flotaban en el aire, un recordatorio agridulce de la realidad a la que se enfrentaban. Julián sintió que se le encogía el corazón, la decepción se apoderaba de él. Sin embargo, quedaba un rayo de esperanza, porque Julián sabía que la chispa entre ellos era innegable.

Mientras continuaban su caminata por el aeropuerto, los dos tuvieron que lidiar con la intensidad de su conexión, sabiendo que el camino por delante no sería fácil. Sin embargo, las brasas apasionadas encendidas ese día se negaron a apagarse, prometiendo un futuro en el que finalmente podrían encontrar el coraje para explorar las profundidades de sus sentimientos.

Capítulo 18

MÁS CERCA QUE NUNCA

La oficina de campo de Miami bullía de actividad mientras los miembros del equipo se reunían para su reunión diaria de pie. Diferentes unidades de investigación se mezclaron, entablando conversaciones en voz baja sobre criminales notorios y sus últimas actividades traviesas en las calles.

A la llegada del subdirector del grupo de trabajo, el silencio se apoderó del grupo. Con una presencia imponente, el capitán se dirigió a ellos: "Buenos días, equipo. Escuchemos las actualizaciones. Bríndame el progreso de nuestros casos pendientes".

El detective Smith, el investigador principal en el caso de robo de joyas de alto perfil, dio un paso al frente. "Señor, hemos hecho avances significativos. Las imágenes de vigilancia han identificado al conductor que se dio a la fuga y hemos obtenido una orden de arresto contra él. Localizar a los miembros restantes de la tripulación ha resultado más difícil, pero nos estamos acercando a ellos".

El director del grupo de trabajo asintió, con expresión severa. "Excelente trabajo, Sánchez. Mantén la presión. No podemos permitir que estos criminales escapen a la justicia".

El detective Lorenzo, a cargo de la Unidad de Narcóticos, se aclaró la garganta. "Director, hemos desbaratado una importante operación de narcotráfico. La redada de anoche resultó en la incautación de más de un millón de dólares en cocaína, y hemos aprehendido a los tres individuos. El interrogatorio está en marcha y esperamos descubrir el alcance total de esta red de narcóticos".

Un murmullo de aprobación se extendió por la habitación. Murphy entrecerró los ojos y dijo: "Bien, Morales. Mantenme informado sobre cualquier novedad. Tenemos que asegurarnos de que esta persona permanezca tras las rejas durante un tiempo considerable".

Durante la reunión, los miembros del equipo compartieron actualizaciones sobre sus respectivos casos, cada uno más intrigante que el anterior. Un sentido de camaradería y determinación llenó el aire mientras estos experimentados profesionales de las fuerzas del orden trabajaban incansablemente para mantener la seguridad de las calles de Miami.

El detective Julián Prat comenzó a relatar los detalles del caso del Sindicato de Miami, pero el subdirector Murphy del grupo de trabajo lo interrumpió rápidamente. "Detente ahí. Necesitamos discutir varios asuntos en privado. Encuéntrame en mi oficina después de la reunión".

El tono del director del grupo de trabajo no dejó lugar a debates, transmitiendo su seriedad. Julián Pratt asintió en señal de comprensión, consciente de que lo que fuera que estuviera a punto de revelar tenía suficiente peso como para justificar una conversación privada.

Al concluir la reunión, Julián y Jackie se dirigieron a la oficina del subdirector, con la mente llena de posibilidades. ¿Se había topado con algo que comprometía el protocolo? ¿Había implicaciones políticas que no había considerado? La incertidumbre lo carcomía, pero sabía que tenía que enfrentar las preguntas del subdirector de frente.

Llamaron a la puerta, Julián y Jackie entraron en la oficina, preparándose para la inminente discusión. El subdirector Murphy les hizo un gesto para que tomaran asiento, el aire estaba cargado de palabras no pronunciadas, cada segundo que pasaba aumentaba el peso de la anticipación.

"A los dos, necesito total honestidad con respecto a su

conocimiento del caso de Miami. Esta es una situación delicada y no podemos permitirnos ningún paso en falso".

Julián Prat respiró hondo y empezó a contar los detalles, sin omitir nada. Comprendió que la respuesta del director determinaría el siguiente curso de acción, y él y Jackie estaban preparados para enfrentar las consecuencias, fueran cuales fueran.

"Está bien, déjame ser claro. Hay dos factores preocupantes. Acabo de recibir una llamada desde el sur, indicando que Michael Cruz está de vuelta en los Estados Unidos. Puede que esté aquí en Miami, así que mantente atento. No dejes piedra sin remover, ¿entiendes?"

"Sin embargo, no podemos revelar el regreso de Michael a nadie. Ya hemos tenido un miembro del equipo que comprometió nuestra información antes, así que mantengamos esta información estrictamente confidencial. El elemento sorpresa está de nuestro lado, y debemos aprovecharlo. Recuerda, los labios sueltos hunden barcos".

"Sé que es tentador compartir esta noticia con todo el mundo, pero debemos manejarla con discreción. Confío en que lo mantengas en secreto mientras desentierras cualquier información sin llamar demasiado la atención. Este podría ser nuestro gran avance, pero tenemos que ser inteligentes al respecto. Esta vez no hay lugar para errores".

"Solo mantente alerta, mantén un perfil bajo y descubre

todo lo que puedas. Con un poco de suerte, capturaremos a esa escurridiza serpiente antes de que vuelva a escapar. Cuento contigo. Hagamos que esto suceda".

Cuando los detectives Julián y Jackie salieron de la oficina del director, sus corazones se aceleraron con una mezcla de incredulidad y urgencia. Las noticias que acababan de recibir eran como una bomba de relojería: Michael, su fugitivo perdido hacía mucho tiempo, estaba en Miami y no era la misma persona que habían conocido una vez.

Las palabras del director del grupo de trabajo resonaron en sus mentes: "Está en Miami y se ha vuelto arrogante. Debemos alcanzarlo antes de que se nos escape una vez más." El peso de la responsabilidad flotaba pesadamente en el aire, obligando a Julián y Jackie a actuar con rapidez.

Mientras tanto, en el lado opuesto de la ciudad, Gabriel Ramírez y Raphael Santos ocupaban un banco en el Tropic Park en el sur de Miami. Sus tonos susurrados ocultaban la naturaleza ilícita de su conversación. Raphael Santos no perdió el tiempo y fue directo al grano. "Ahora tenemos tres oficinas en funcionamiento, con todo el personal de nuestros reclutas. Están generando un flujo constante de pacientes, lo que genera ganancias sustanciales de las compañías de seguros".

Gabriel asintió, entrecerrando los ojos con determinación.

—¿Y qué hay de los reclutas? ¿Cómo avanza el proceso de reclutamiento?

Raphael Santos respondió con un deje de orgullo en su voz:

—Se está expandiendo rápidamente. Actualmente tenemos ocho personas en espera, todas dispuestas a doblar las reglas para llenar nuestros bolsillos.

Los dos hombres se rieron sombríamente, plenamente conscientes de que su fraudulento plan de salud estaba floreciendo, sacrificando la ética médica por el atractivo de las ganancias ilícitas.

—Perfecto —dijo Gabriel, juntando las manos—. Continúen reclutando y asegúrense de que las oficinas sigan produciendo las facturas. Vamos a ordeñar esta gallina de los huevos de oro por todo lo que vale.

Raphael sonrió de acuerdo. "Considéralo hecho. Será una puntuación significativa".

"Escucha Gabriel, mientras te acercabas, noté una actitud inquieta y el ceño fruncido." Preocupado, Raphael le preguntó a Gabriel: "Pareces preocupado, Gabriel. Es evidente en tu rostro. ¿Qué pasa?"

Gabriel suspiró, con expresión sombría. "Todo va según lo planeado, pero tengo algunas reservas sobre Michael. Está en camino hacia acá".

Los ojos de Raphael se abrieron alarmados. "¿No se suponía que debía quedarse en la casa de seguridad en Naples? Le aconsejé específicamente que se quedara allí, pero ahora quiere venir a Miami".

La frustración de Gabriel era evidente en su voz. "Eso podría introducir numerosos problemas y atraer una atención no deseada a nuestra operación".

—Maldita sea, Michael nunca escucha —murmuró Raphael, pellizcándose el puente de la nariz—. ¿Se da cuenta de los riesgos a los que nos está sometiendo a todos? Hemos estado manejando un barco apretado aquí, y un solo paso en falso podría hacer que todo se derrumbara.

Gabriel negó con la cabeza, expresando su exasperación. "No, no lo hace. Sabes lo impulsivo que es, siempre pensando que es invencible. Le dije que se retirara, pero ya sabes cómo suele ser eso".

Raphael soltó una risa amarga. "Es como hablarle a una pared de ladrillos. Debemos encontrar una manera de detenerlo antes de que exponga toda nuestra operación. No podemos permitirnos ningún error, sobre todo teniendo en cuenta todo el esfuerzo que hemos invertido".

Gabriel se subió a su Porsche rojo y aceleró por la carretera desierta. Su siguiente destino era ver a Sophia, pero no se atrevió a acercarse a ella desde su regreso. Los negocios tenían prioridad; las distracciones estaban fuera de discusión.

La culpa lo carcomía. Sophia había sido su confidente más cercana, la única persona que lo entendía mejor que nadie. Sin embargo, después de lo que había hecho, ¿cómo podría enfrentarse a ella? El peso de la vergüenza cargaba sobre los hombros de Gabriel, una carga solitaria que soportar.

Con cada milla que pasaba, la mente de Gabriel se aceleraba. ¿Querría Sophia verlo? ¿Había seguido adelante, continuando con su vida sin él? La incertidumbre lo llenó de pavor. Él la había lastimado antes, y la idea de repetir ese dolor era casi insoportable.

Sin embargo, sabía que tenía que verla, aunque fuera demasiado tarde, para intentar enmendarla. Sophia merecía una explicación y la oportunidad de entender por qué había desaparecido durante tanto tiempo. Por lo menos, Gabriel le debía mucho.

Al detenerse en el estacionamiento de The Valet en el edificio donde trabajaba Sophia en Brickell, cerca del centro de Miami, Gabriel respiró hondo, preparándose para la confrontación. Sabía que tenía que enfrentarlo de frente, no más correr, no más esconderse. Era el momento de enfrentarse a su pasado y esperar que Sophia estuviera dispuesta a perdonarle.

Mientras esperaba en el vestíbulo, agarró con fuerza la

docena de rosas que había traído. Cada minuto se sentía como una eternidad a medida que el reloj avanzaba. Anticipó que ella saldría a su habitual descanso a la hora del almuerzo en cualquier momento.

Este era el momento que había temido y esperado simultáneamente. ¿Aceptaría ella su gesto, o lo rechazaría de plano, aplastando cualquier esperanza que tuviera de reconciliar su tumultuosa relación?

El ascensor sonó, y allí estaba ella, su amada, caminando decididamente hacia la salida. Esta era su oportunidad. Se armó de valor y dio un paso adelante, extendiendo las rosas.

—Sophia, necesito hablar contigo —pronunció, con la voz llena de remordimiento—. He cometido un error y lo siento mucho. Te las he traído como ofrenda de paz.

Sophia se detuvo en seco, sus ojos se abrieron de par en par al ver las flores. Por un breve momento, se atrevió a tener esperanzas. Sin embargo, su expresión endureció la mandíbula.

—No tengo tiempo para esto, Gabriel —dijo ella con frialdad—. Lo que sea que tengas que decir, guárdalo. Ya terminé.

Con esas palabras, ella se dio la vuelta y se alejó, dejándolo allí parado con el corazón destrozado y las rosas colgando fláccidas en su mano. Lo había apostado todo en este último esfuerzo, y había perdido. La batalla había terminado incluso antes de que comenzara.

Mientras Sophia caminaba hacia el estacionamiento del empleado, Gabriel se dio la vuelta y se dirigió hacia el frente del edificio. El asistente de aparcacoches estaba de pie junto a la entrada, listo para ayudar al próximo huésped que llegara.

Al pasar por el vestíbulo, Gabriel notó una fila de sillas alineadas en las paredes. Sin dudarlo, colocó el ramo de rosas en uno de los asientos vacíos, un gesto silencioso que se sintió justo en ese momento.

Continuando su camino hacia la salida, Gabriel no pudo evitar sentir una punzada de introspección. Las flores, una vez destinadas a Sophia, ahora estaban solas en el vestíbulo, simbolizando su conexión no resuelta y las oportunidades perdidas.

Conduciendo por Brickell Avenue, Gabriel admiraba la impresionante vista del horizonte de Miami cuando de repente sonó su teléfono. Mirando hacia abajo, vio un número desconocido que se mostraba en la pantalla. Instintivamente, optó por no contestar, dejando que la llamada pasara al buzón de voz.

Había algo en la persona desconocida que llamaba que lo inquietaba. En una época de conectividad constante, las llamadas no solicitadas de números extraños a menudo insinuaban posibles estafas, intentos de phishing u otras actividades maliciosas. Gabriel no podía quitarse de encima la sensación de que comprometerse con este grupo desconocido solo conduciría a problemas.

Esa noche, mientras Gabriel revisaba sus llamadas perdidas, su pulgar se posó sobre el número desconocido, tentado de borrar los mensajes de voz sin pensarlo dos veces. Sin embargo, algo lo obligó a escuchar, tal vez un instinto visceral o simplemente una curiosidad mórbida. Para su sorpresa, era la voz de Sophia al otro lado.

La pasión corría por las venas de Gabriel mientras escuchaba el mensaje en su buzón de voz, con el corazón latiendo con fuerza.

En su mensaje, Sophia explicó en detalle cómo había caminado hacia su coche, con la mente acelerada, incapaz de quitarse de encima la sensación de que necesitaba volver. Algo en su interior la obligaba. Sophia regresó apresuradamente al vestíbulo, con la esperanza ardiendo en su pecho.

Empujando las puertas, los ojos de Sophia escanearon desesperadamente el área. Pero todo lo que la recibió fue una visión que le hizo quedarse sin aliento: una docena de rosas, con sus pétalos vibrantes declarando silenciosamente su presencia, descansando sobre una silla solitaria.

Cuando Gabriel escuchó el mensaje de voz de Sophia por segunda vez, sus palabras resonaron con vulnerabilidad y anhelo. Cuando el mensaje llegó a su fin, vio aparecer el número en la pantalla. Sin dudarlo, Gabriel respondió: "Hola, Sofía".

La voz de Sophia tembló cuando respondió: "No sé qué hacer, pero no puedo evitarlo. Quiero verte". A Gabriel le dolía el corazón por el dolor de las palabras de Sofía. Con amable comprensión, respondió: "Yo también quiero verte a ti. Tenemos que resolverlo juntos".

La compasión en el tono de Gabriel sirvió como un bálsamo calmante, ofreciendo a Sophia una sensación de comodidad y seguridad. Gabriel sabía que, independientemente de los desafíos que enfrentaran, los superarían con empatía y se cuidarían unos a otros.

—Estoy aquí, Sophia —dijo Gabriel para tranquilizarla—, y no me voy a ir a ninguna parte. Encontraremos la manera de hacer que esto funcione, lo prometo.

En la quietud de la habitación, los corazones de Gabriel y Sofía conversaban en voz baja de profunda comprensión, una sinfonía silenciosa que solo ellos podían escuchar. El mundo a su alrededor se desvaneció en un borrón. En ese momento, ambos supieron que su vínculo era más fuerte que cualquier obstáculo que se interpusiera en su camino.

Capítulo 19

PRESENTACIÓN DE MIAMI SYNDICATE

Gabriel, haciendo ejercicio en el gimnasio de su edificio de apartamentos, recibió una llamada en su teléfono celular clonado, un número que solo conocía Michael. —"¿Qué pasa, Mike? Vamos a encontrarnos. Necesitamos discutir algunos asuntos importantes que requieren atención", respondió Gabriel. "Claro, reunámonos para la hora feliz en Coconut Grove Bar and Marina", sugirió Michael.

Cuando Michael entró en el bullicioso bar y el puerto deportivo, los sonidos familiares del tintineo de las copas y las animadas conversaciones llenaron inmediatamente la habitación. Sus ojos exploraron la zona hasta que se posaron en Gabriel, sentado en su rincón habitual con la espalda apoyada en la pared, observando atentamente la entrada. Michael no pudo evitar reírse, sabiendo que algunas cosas nunca cambiaban. Gabriel, su viejo amigo y un sabio experimentado, siempre mantenía una postura protectora, evaluando a todos los que entraban por la puerta. Era un hábito profundamente arraigado desde sus años navegando por el descarnado inframundo.

Michael deseaba ansiosamente involucrarse más en las actividades de la Tripulación de Manipulación de Productos (PMC), tal como lo había hecho antes de convertirse en un fugitivo. Se sentó en la barra y pidió una bebida fuerte, ansioso por ponerse al día con Gabriel. A medida que el líquido ámbar le quemaba la garganta, los recuerdos de sus días salvajes en Cancún inundaron su conversación: las aventuras, las fiestas salvajes que duraban toda la noche y la estimulante descarga de adrenalina. Perdidos en la nebulosa nostalgia, ambos se rieron, disfrutando de esos días pasados.

Sin embargo, su conversación pronto cambió a los negocios. Michael confesó su deseo de ser parte de la acción una vez más, de experimentar la emoción y el entusiasmo en su vida. Gabriel lo entendió y rápidamente lo tranquilizó: "Lo entiendo, hombre. Te doy tu parte cada mes de nuestros tratos. Pero siendo realistas, sigues siendo un fugitivo. Te están buscando en cada esquina".

La expresión de Gabriel se volvió seria cuando continuó: "No podemos permitirnos que los investigadores tropiecen con nuestra operación. Tenemos que extremar la precaución, tanto por nuestro bien como por el de nosotros si queremos mantener la prosperidad de PMC". El peso de su situación comenzó a hundirse cuando ordenaron otra ronda, y los dos amigos cayeron en un silencio solemne, cada uno perdido en sus pensamientos sobre el juego de alto riesgo que estaban jugando.

"Quiero preguntarte algo y espero una respuesta honesta. ¿Tuviste una relación con Nancy, la esposa de Randy?" — inquirió Gabriel. Michael permaneció en silencio durante unos minutos antes de responder: "Sí".

Gabriel lo miró por el rabillo del ojo y preguntó: "No entiendo. ¿Por qué te involucrarías con una mujer casada? ¿No estaba Randy también involucrado en nuestros negocios ilegales?"

"Ese es un pecado capital", continuó Gabriel. "Las precauciones que tenemos hacen que sea casi imposible que estemos implicados en cualquier delito. Sin embargo, ¿lo arriesgaste todo por la lujuria de una mujer?"

Michael se movió incómodo, sus alas se plegaron fuertemente contra su espalda. —"No era una mujer cualquiera, Gabriel. Nancy era... diferente. No pude resistirme a sus encantos".

Gabriel negó con la cabeza, con expresión grave. "Conoces las reglas. Estamos sujetos a un estándar más alto. Nuestra especie no puede permitirse tales indiscreciones, no importa cuán tentador sea el premio".

Michael permaneció en silencio, el peso de sus acciones se hundió. Comprendía los riesgos que había corrido, pero el encanto de Nancy había sido abrumador. Ahora, cuando las consecuencias amenazaban con desenredar su red cuidadosamente construida, se dio cuenta de la gravedad de su error.

Los dos amigos se sentaron en completo silencio, cada uno luchando con las implicaciones de la indiscreción de Michael. El juego de alto riesgo que habían estado jugando ahora parecía más precario que nunca, y ambos sabían que las consecuencias podrían ser catastróficas.

Gabriel miró a Michael con expresión pensativa. Con una sonrisa maliciosa, puso sus cartas sobre la mesa y soltó una risita. "Michael, bastardo loco. Espero que Nancy haya valido la pena", dijo, negando con la cabeza. "Cuando me enteré de ti y de Nancy, casi escupo mi bebida. Debería haber sospechado algo cuando de repente tuviste que hacer ese 'viaje de negocios prolongado'. ¿Estabas huyendo de la ley o tal vez de tu esposa?"

"Escucha, Michael, al final del día, eres mi hermano en el crimen, y estamos en esto de PMC de por vida, ¿sabes?" Gabriel continuó. "Sin ustedes, nada de esto hubiera sucedido. Construimos esta organización desde cero juntos".

Se reclinó en su silla, con una mezcla de orgullo y contemplación en su rostro. "Esta organización va a sobrevivir a nosotros, hombre. Hemos establecido una estructura sólida y un plan bien pensado. Es nuestro legado, tú y yo. Y perdurará mucho después de que nos hayamos ido".

Gabriel extendió la mano y apretó firmemente el hombro de Michael. "Pase lo que pase, esto siempre será nuestro. Lo hicimos, hermano. Y no lo haría de otra manera". Gabriel miró su reloj. "Tengo que salir pronto. Voy a quedar con Sophia para cenar. Ten cuidado, Michael. Cuídate siempre las espaldas".

Gabriel y Sophia entraron en el restaurante con poca luz, momentos de silencio entre ellos. Se deslizaron hacia una cabina, evitando el contacto visual mientras Gabriel se concentraba en el menú, sus dedos golpeaban nerviosamente la superficie laminada. Las palabras no dichas flotaban pesadamente en el aire, el peso de la confesión de Gabriel los agobiaba a ambos.

Después de lo que pareció una eternidad, Gabriel rompió el silencio.

—Muy bien, Sophia, necesitaba un rato a solas. Eso es todo lo que era. No estaba con nadie... Estaba solo. No es lo que parece.

Sophia finalmente se encontró con la mirada de Gabriel, buscando cualquier signo de engaño. La vulnerabilidad en la voz de Gabriel tiró del corazón de Sophia. Quería desesperadamente confiar en su pareja, creer que todo era tan sencillo como Gabriel afirmaba.

—¿Y qué pasa, Gabriel? —El tono de Sophia tenía una mezcla de preocupación y acusación—. Porque desde donde estoy sentado, ciertamente parece que me has estado ocultando algo.

La mirada de Gabriel vaciló, jugando distraídamente con el borde del menú. "Yo... He estado pasando por muchas cosas últimamente, ¿sabes? Necesitaba algo de espacio para resolver las cosas por mi cuenta. Nunca quise preocuparte por ti".

Gabriel dejó escapar un profundo suspiro, sintiendo que la pelea se escurría de su cuerpo. Extendió la mano por encima de la mesa y colocó cautelosamente su mano sobre la de Sophia. "Sabes que puedes hablar conmigo, ¿verdad? Sea lo que sea, lo enfrentaremos juntos".

Sophia soltó un profundo suspiro, la lucha abandonó su cuerpo. "Gabriel, déjame explicarte algo. Cuando apareciste en mi oficina ese día, no podía creer lo que veía. Al principio, la emoción me abrumó, pero luego una ola de horror me inundó, sabiendo que eras tú. Así que me alejé. Sin embargo, no podía deshacerme de mis pensamientos. Regresé porque quería saber quién eres realmente".

Hizo una pausa, ordenando sus pensamientos. "Eras el hombre que amaba, el que creía conocer mejor que nadie. Pero las noticias sobre el plan de fraude de tu amigo Michael lo destrozaron todo. Tengo tantas preguntas en mi mente. ¿Quién es el hombre que amé? ¿Alguna parte de nuestra relación era real o todo era mentira? ¿Y qué hay de tu amigo Michael, conspiraste con él?"

Los ojos de Sophia buscaron el rostro de Gabriel, desesperados por respuestas. "Necesito entender, Gabriel. Necesito saber la verdad, no importa lo dolorosa que pueda ser. Porque el hombre que creía conocer no sería capaz de semejante engaño y traición. Así que, por favor, ayúdame a darle sentido a esto. ¿Quién eres tú?"

El peso de sus palabras pesaba en sus mentes y llenaba el espacio entre ellos. La expresión de Gabriel era ilegible, una mezcla de emociones parpadeaba en sus rasgos. Era un momento de ajuste de cuentas, una oportunidad para que él dejara al descubierto su alma y se enfrentara a su pasado.

"Mira, te lo voy a exponer directamente. Michael es mi amigo desde hace mucho tiempo, y nuestra relación siempre ha sido de apoyo mutuo y comprensión. Si bien soy consciente de que ha estado involucrado en algunas actividades cuestionables, he tomado la decisión consciente de separar sus decisiones personales de nuestra amistad".

"Mi papel como amigo no es juzgar o entrar en los detalles de sus acciones, sino más bien ofrecer un oído atento y un hombro en el que apoyarme cuando sea necesario. No apruebo ningún comportamiento ilegal o poco ético, pero también creo que la verdadera amistad trasciende los defectos y errores de un individuo".

"Independientemente de lo que Michael pueda o no haber hecho, seguiré estando ahí para él como una presencia de apoyo en su vida. Esto no significa que ayudaré o instigaré cualquier actividad ilegal, sino que le proporcionaré apoyo emocional y aliento para que haga cambios positivos, si decide hacerlo".

"Es importante entender que mi lealtad radica en nuestra amistad, no en ninguna acción o elección específica que él haya hecho. Si bien es posible que no tenga conocimiento directo de los detalles de sus supuestas actividades fraudulentas, no traicionaré la confianza que ha depositado en mí exponiendo información personal o especulando sobre asuntos que no son de mi incumbencia".

"Sophia, mi amor, tienes que confiar en mí si vamos a hacer que esto funcione. Es por eso que estoy aquí, mirándote profundamente a los ojos una vez más. Mi pasión arde por ti mientras me acerco, acariciando tu suave mejilla, sintiendo esa chispa familiar entre nosotros. – Mírame -susurro, tus hermosos ojos se cruzan con los míos-. Soy un libro abierto ante ti. Puedes ver dentro de mi alma. No hay más secretos, no hay más mentiras entre nosotros".

Sophia debería haberlo sabido, pero su corazón la

traicionó una vez más cuando se encontró mirando a los ojos de Gabriel. La pasión y el deseo que sentía eran innegables, a pesar de todos sus intentos por seguir adelante.

"Echo de menos salir a discotecas y bailar contigo", admitió ella, apretándole las manos. "Y luego volver a tu apartamento..."

Gabriel sonrió, ya sabía hacia dónde se dirigía aquello. "¿Dónde te daría uno de mis masajes legendarios?"

Sophia se mordió el labio. Esas noches en las que se soltaba en la pista de baile, empapado en sudor y relajado, solo para que sus fuertes manos resolvieran cada torcedura y nudo después, era el puro placer que Sophia no había experimentado desde su ruptura.

Una parte de Sophia sabía que estaba siendo imprudente e irracional. Gabriel era su ex por una razón. Pero la química entre ellos era tan explosiva como siempre.

—¿Solo una noche más? —le dedicó una sonrisa traviesa—. ¿Por el amor de los viejos tiempos?

Gabriel no necesitó que se lo preguntaran dos veces. Acercó a Sophia hasta que pudo sentir su aliento en su piel. "Sabes que nunca podré resistirme a ti, niña".

Sus labios chocaron con un hambre ferviente. Sofía maldijo su débil corazón, pero no había forma de detener su recaída en la ardiente pasión.

Gabriel miró a Sophia con ojos intensos. En un tono bajo, preguntó: "¿Estás diciendo que esta es nuestra última noche juntos?"

Sofía sonrió. "Si esta es nuestra última noche, quiero hacerlo bien. Quiero revivir nuestra primera noche juntos". Ella se acercó y le pasó los dedos por el pecho. "Vamos a bailar de nuevo como lo hicimos cuando nos conocimos. Tómate tu tiempo y que aumente nuestro deseo el uno por el otro. Hagamos que sea una noche que nunca olvidaremos".

Sin decir una palabra, Gabriel la tomó de la mano y la llevó afuera a su Porsche rojo. Aceleraron hacia las luces fluorescentes y los ritmos latinos de su club de salsa favorito frente al aeropuerto de Miami.

Desde el momento en que entraron al club, se reavivaron las chispas entre Gabriel y Sophia. Los palpitantes ritmos de salsa parecían correr por sus venas, atrayéndolos a la pista de baile.

Gabriel acercó a Sophia, sus cuerpos se moldearon como si estuvieran hechos para este momento. Sus curvas presionaron contra su cuerpo tonificado, encendiendo un deseo ardiente que había estado hirviendo a fuego lento bajo la superficie durante demasiado tiempo. Su mano recorrió la parte baja de su espalda, guiándola a través de movimientos sensuales mientras se movían sin problemas por el suelo.

Sus ojos se cruzaron, ardiendo con anhelo y promesas

tácitas. La mirada de Sophia lo desafió a ir más allá, desafiándolo a superar todos los límites. Los labios de Gabriel se curvaron en una sonrisa diabólica, aceptando la invitación mientras la sumergía en un tono bajo, su aliento caliente contra la piel sensible de su cuello.

En ese acalorado abrazo, los golpes, los gritos de aliento de los compañeros bailarines, incluso la humedad pegajosa en el aire, todo se convirtió en ruido blanco. Lo único que importaba era la conexión entre ellos, la innegable atracción que los tenía persiguiendo los altibajos de su apasionado baile.

Con cada zambullida, giro y balanceo de sus caderas contra las suyas, la tensión aumentaba hasta un punto de ebullición. Los dedos de Sophia recorrieron su cuello, provocando escalofríos. El agarre de Gabriel por su cintura se apretó posesivamente, reclamando en silencio su derecho.

Para cuando los últimos y atronadores ritmos se desvanecieron, ambos estaban jadeando, con el pecho agitado por el esfuerzo de contener el deseo furioso que amenazaba con consumirlos enteros. El magnetismo entre ellos era innegable, la promesa de la noche que aún estaba por desarrollarse flotaba pesada en el aire cargado.

Los ojos de Sophia ardían con lujuria desenfrenada mientras miraba a Gabriel. Su ancho pecho subía y bajaba con cada respiración entrecortada, los músculos ondulaban bajo su camisa. La música aún palpitaba por sus venas, alimentando el hambre primitiva que minaba su autocontrol.

—Guía, Gabriel —ronroneó Sophia, mordiéndose el labio—. Agarrándolo de la mano, lo siguió fuera del club abarrotado hacia el aire fresco de la noche. La tensión sexual se encendió entre ellos como un cable vivo.

Tan pronto como entraron a trompicones por la puerta de su apartamento, Sophia lo inmovilizó contra la pared, su cuerpo al ras del suyo. El deseo corría por sus venas mientras sus labios chocaban en un beso febril. Las manos vagaban hambrientas sobre formas temblorosas, rasgando la ropa hasta dejarla esparcida sobre la cama.

Jadeando por aire, se aferraron el uno al otro, una maraña sudorosa de extremidades en la cama. La necesidad bruta superó cualquier inhibición persistente a medida que se movían juntas con creciente urgencia. La cama crujió al ritmo de sus apasionadas embestidas hasta que finalmente se hicieron añicos, gritando en un éxtasis inolvidable.

Sophia se desplomó sobre el pecho agitado de Gabriel con un suspiro de satisfacción. Ella trazó círculos perezosos a través de su piel resbaladiza mientras él peinaba sus dedos por su cabello alborotado. Aunque deliciosamente gastado, las brasas humeantes aún brillaban en sus ojos.

Gabriel yacía inmóvil en la cama, con las sábanas enredadas alrededor de las piernas, mientras Sophia salía de debajo de las sábanas. Con indiferencia casual, recogió su ropa y se dirigió al baño, con el sonido del agua corriendo llenando el silencio.

Cuando salió, con una toalla alrededor de su cuerpo, Gabriel observó cada uno de sus movimientos con una mezcla de curiosidad y aprensión. Sophia se tomó su tiempo para vestirse, evitando deliberadamente su mirada.

Finalmente, se acomodó en el borde de la cama.

—¿Qué estás haciendo? —preguntó Gabriel, con la voz cargada de inquietud.

Sophia se volvió hacia él, con los ojos resueltos.

—No voy a pasar la noche, Gabriel. Voy a hacer lo que vine a hacer aquí. Voy a terminar esto a mi manera. —Hizo una pausa, dejando que el peso de sus palabras se hundiera—. Este es mi final, no el tuyo. Y también les voy a decir lo que vine a decir.

Gabriel sintió que el corazón le latía con fuerza en el pecho. Siempre había sabido que ese día llegaría, pero nada podría haberlo preparado para la finalidad en el tono de Sophia.

Respiró hondo. "Hemos estado bailando alrededor de esto durante demasiado tiempo. Ya no puedo seguir fingiendo que lo que tenemos es suficiente para mí". Su mirada se cruzó con la de él, sin inmutarse. "Quiero más, Gabriel. Quiero un compromiso real, un futuro juntos. Y si no puedes darme eso, entonces tengo que irme".

La habitación se quedó en silencio, excepto por los sonidos amortiguados del tráfico afuera. Gabriel escudriñó el rostro de Sophia, buscando cualquier atisbo de vacilación, cualquier atisbo de duda. Pero no hubo ninguno.

—Te quiero —dijo finalmente, sintiendo las palabras huecas e inadecuadas—. Pero no sé si puedo darte lo que quieres.

Sophia asintió lentamente, su expresión era una mezcla de tristeza y resignación. "Entonces supongo que esto es un adiós". Se levantó de la cama y recogió sus últimas pertenencias.

Gabriel observó impotente cómo ella se dirigía hacia la puerta, cada fibra de su ser le gritaba que la detuviera, que dijera algo, cualquier cosa, para que se quedara. Pero las palabras no llegaban.

Y así, ella se fue, dejando a Gabriel solo con los ecos de su relación destrozada y la comprensión de que algunos finales son inevitables, por mucho que deseemos que desaparezcan.

Capítulo 20

DEMASIADOS SECRETOS

Jackie Ortiz agarró con fuerza el volante mientras salía de la entrada de su casa, con el sol naciente asomándose a través de los árboles. Era otro día, otro intento infructuoso de llevar a Michael ante la justicia. Navegando por la ruta familiar hacia su oficina en el centro de Miami, su mente no podía dejar de pensar en la frustración del caso de Michael. ¿Cómo podía seguir ahí fuera después de todo este tiempo? La idea la carcomía, alimentando una creciente sensación de determinación mezclada con ira.

Había dedicado su tiempo a localizar a Michael, a seguir todas las pistas y a entrevistar a innumerables testigos.

Sin embargo, Michael siempre parecía estar un paso por delante, desvaneciéndose en el aire antes de que ella pudiera acercarse. Era enloquecedor. Jackie sabía que debía dejarlo pasar y concentrarse en los otros casos que requerían su atención.

Al entrar en el estacionamiento, Jackie respiró hondo y tranquilizado. Era hora de comenzar otro día de trabajo. Pero hoy, su enfoque sería nítido. La suerte de Michael estaba a punto de agotarse. Jackie tenía un último recurso, una última bala en la pistola, una que nunca quiso usar. Sin embargo, las circunstancias no le habían dejado otra opción. Tenía que revelar los secretos que había mantenido ocultos durante tanto tiempo. Llamó a la puerta del despacho de Julián, entró y repasó el plan con él.

"Julián, escucha. Siempre he estado en contra de la idea de hablar con la esposa de Michael, pero no tengo opciones. Mi frustración y mi ardiente deseo de atraparlo han llegado a un punto de ruptura", explicó Jackie. Julián respondió: "Siempre he estado abierto a acercarme a la esposa de Michael y decirle lo que ella no sabe. Tal vez podamos hacer que se abra sobre su esposo".

La detective Ortiz estaba sentada en su auto, observando cuidadosamente la casa del sospechoso. Sabía que se trataba de una situación delicada que requería paciencia y precisión. Finalmente, llegó el momento que había estado esperando cuando el sospechoso salió solo de la casa.

Al acercarse a la esposa de Michael en el camino de entrada mientras ella se subía a su automóvil, el detective Ortiz habló.

—Hola, ¿te acuerdas de mí? —preguntó. La esposa respondió que no lo recordaba.

—Soy la detective Ortiz, una de las oficiales que vino a su casa buscando a Michael, su esposo —explicó la detective, mostrando su placa—. ¿Estaría bien si te hiciera algunas preguntas?

Nancy Cruz, latina de 26 años, latina de 5'5", tetona y cabello castaño ondulado, dudó. "No quiero hablar con nadie", dijo. Luego añadió:

—¿Encontraste algo interesante que yo debería saber?

La detective Jackie Ortiz hizo una pausa, considerando su próximo movimiento.

—Es posible que tengamos algunos hallazgos que podrían ser relevantes. ¿Estaría dispuesta a venir a la estación y discutirlos conmigo?

Nancy parecía inquieta.

—No estoy segura. ¿Tengo que hacerlo?

—No, es completamente voluntario —le aseguró Jackie—. Pero creo que valdría la pena tu tiempo. Hay algunas cosas que me gustaría repasar contigo.

Nancy lo pensó por un momento.

—Está bien, está bien. Abre el camino —dijo, cerrando la puerta de su coche y siguiendo al detective.

El detective Jackie Ortiz recibió a Nancy Cruz en su oficina y le ofreció una taza de agua o café, que ella rechazó cortésmente.

—No, gracias, —respondió Nancy, con la voz teñida de preocupación.

—¿De qué venimos a hablar? —replicó Jackie, con tono grave y el peso de la situación palpable en la habitación—.

—Nancy, me temo que necesitamos tu cooperación para ayudarnos a encontrar a Michael.

Jackie deslizó un sobre manila por el escritorio, señalando la seriedad del asunto.

La voz de Jackie adquirió un tono serio mientras deslizaba el sobre manila por el escritorio.

—Estas fotos fueron tomadas afuera del hotel Rit, —dijo con la voz llena de gravedad—. Creo que te van a parecer bastante esclarecedoras.

Con una creciente sensación de inquietud, Nancy Cruz abrió lentamente el sobre y extendió las fotos ante ella. Claras como el día, las imágenes revelaron a su esposo Michael entrando al hotel con otra mujer. Parecían cómodos e íntimos, paseando juntos por el vestíbulo.

El corazón de Nancy se aceleró mientras examinaba cada foto, su mente daba vueltas con un torbellino de emociones: traición, angustia, ira. Después de años de matrimonio, la base aparentemente sólida de su relación ahora se sentía sacudida hasta la médula.

Repasaba los recuerdos en su mente, en busca de cualquier señal, de cualquier pista que pudiera haber presagiado esta infidelidad. Pero Michael siempre había sido atento, cariñoso, o al menos eso pensaba ella. Ahora todo parecía una fachada elaborada, un engaño cruel.

Las lágrimas brotaron de los ojos de Nancy mientras lidiaba con la dura realidad que tenía ante sí. ¿Cómo podía el hombre en el que más confiaba, con el que había construido una vida, traicionarla de una manera tan devastadora? El conocimiento de que él le había sido infiel caló hondo, dejándola sintiéndose tonta, insegura y completamente desconsolada.

Una mezcla de decepción e incredulidad retorció el estómago de Nancy. Esta revelación contradecía todo lo que Michael le había dicho sobre la fuerza y la estabilidad de su matrimonio. ¿Michael la había estado engañando todo el tiempo?

Al examinar las fotos más de cerca, Nancy notó detalles que parecían corroborar los hallazgos del detective. El lenguaje corporal entre Michael y la otra mujer era relajado y familiar, lo que sugiere una relación bien establecida más allá de un encuentro casual.

Respirando profundamente, Nancy habló en voz baja, consciente del peligro potencial. "Si te digo esto, debe quedarse entre nosotros. Mi vida podría estar en peligro, pero no por algo que Michael hiciera. Tengo miedo de sus asociados o de cualquier otra persona que pueda estar involucrada".

Haciendo una pausa, Nancy Cruz miró a su alrededor nerviosa antes de continuar.

—Tienes dos opciones —dijo ella, en voz baja y seria—. Michael visita la tumba de su abuela cada dos semanas para dejar entradas de teatro para él y los niños, —reveló Nancy—. A pesar de estar huyendo, mantiene este ritual como una forma de mantenerse conectado con su familia.

Durante cada visita, Michael llegaba al cementerio al anochecer, acercándose cautelosamente a la parcela de su abuela. Colocando las entradas en un jarrón de flores, esperaba que este pequeño gesto le permitiera tener un breve momento con sus hijos durante la actuación.

—Por lo general, se disfraza con anteojos, un sombrero y una barba postiza, —agregó Nancy—. Por favor, no hagas nada delante de mis hijos, Jackie. Por favor y gracias.

Al salir de la oficina, Nancy sintió que el peso del día se

le quitaba de los hombros. Mientras se dirigía al ascensor, Jackie se acercó a Julian con un brillo asertivo en sus ojos.

—"ulián —declaró Jackie con confianza—, ya lo tenemos. Se acabó.

—Enviemos al equipo de vigilancia al cementerio de inmediato —ordenó Jackie.

Mientras el agente de campo de vigilancia, Jackson, informaba ansiosamente de la falta de progreso en el caso de Michael a su compañera Jackie Ortiz, ella se mantuvo firme en su condena.

—Estoy seguro de que estamos en el camino correcto, Jackson. No hay personajes sospechosos y la única persona que ha estado cerca de esa zona es el encargado de mantenimiento que cuida las flores viejas, —le tranquilizó Jackie.

—Pero ha pasado una semana entera, Jackie. ¿Estás seguro de que no nos han engañado? —insistió Jackson, evidentemente preocupado.

—Positivo. Permítanme echar un vistazo al informe del Equipo B. —Jackie repasó los detalles—. Espera un momento, el informe dice que el hombre de mantenimiento fue el único que se acercó a la lápida en esa área. Pero algo no parece estar bien.

Sintiendo la inquietud de su compañero, Jackie sugirió:

"Creo que tenemos que echar un vistazo más de cerca a las imágenes de vigilancia. Vayamos a la camioneta y veamos qué podemos encontrar".

Una vez en la camioneta de vigilancia, Jackson, el especialista en tecnología, los recibió. "Hola, chicos. He estado revisando las imágenes y no te lo vas a creer. El encargado de mantenimiento no solo quitó las flores, sino que también colocó algo en uno de los jarrones".

Jackie Ortiz y Julián Pratt intercambiaron una mirada cómplice.

—Echemos un vistazo más de cerca —dijo Jackie.

Los detectives se apresuraron a examinar las pruebas. Efectivamente, discretamente escondidos entre las flores frescas, encontraron una pequeña bolsa Ziploc.

—El equipo B debe haberse perdido esto. ¿Cómo demonios pasaron por alto eso? —exclamó Julián.

Jackie dejó escapar un suspiro de alivio. "Está bien, ya lo tenemos. Tome algunas fotos de esos boletos y vuelva a colocarlos. Parece que vamos al cine el próximo domingo a las 3:00 de la tarde".

Capítulo 21

EN EL CINE

Un domingo por la tarde en Miami, el grupo de trabajo (TUFF) inició su operación para capturar al notorio criminal, Michael Cruz. Meses de rastreo los habían llevado a este momento, y estaban decididos a derribarlo de una vez por todas.

Cerca del teatro en Coconut Grove, el equipo se reunió, estacionando estratégicamente sus vehículos a una milla de distancia en preparación para la operación. La anticipación llenó el aire mientras los agentes se apiñaban, finalizando su plan de ataque.

El equipo de vigilancia estacionado afuera de la casa

de Michael monitoreó cuidadosamente la situación. De repente, la puerta del garaje se abrió y su minivan salió con sus hijos adolescentes adentro. Sin darse cuenta de que los detectives la seguían, Nancy se dirigió hacia el cine.

El equipo de respaldo notó inmediatamente que el segundo vehículo salía del garaje de Nancy. Rápidamente llamaron a Jackie para informarle que ahora estaban en la búsqueda de este vehículo adicional. Jackie reconoció la actualización e instruyó al equipo a mantener una vigilancia discreta en ambos vehículos. Quería asegurarse de que tuvieran una comprensión completa de los movimientos de Nancy y de cualquier posible conexión con la investigación en curso.

Los detectives siguieron la minivan de Nancy a una distancia segura, monitoreando cuidadosamente su comportamiento al conducir y cualquier parada o interacción en el camino. Mientras tanto, el equipo de respaldo siguió al segundo vehículo, listo para brindar apoyo si fuera necesario.

Mientras Nancy dejaba a sus hijos en el cine, los detectives vigilaban de cerca sus movimientos. En lugar de regresar a casa, condujo hacia Key Biscayne, intrigando a los detectives que la seguían discretamente, ansiosos por descubrir su destino.

Al llegar al cayo panorámico, Nancy estacionó su auto, con vista a la tranquila Bahía de Biscayne y al horizonte de

Miami. Los detectives se estacionaron cerca, asegurándose de mantener el contacto visual sin llamar la atención.

Nancy parecía tranquila y serena mientras se acomodaba, contemplando el sereno paseo marítimo. Los detectives observaron atentamente, reflexionando sobre la razón detrás de su viaje improvisado. ¿Se estaba reuniendo con alguien? ¿Participar en actividades clandestinas? ¿O simplemente busca un momento de consuelo lejos de su familia?

Dentro del teatro, el ambiente estaba cargado de emoción cuando los adolescentes entraron. La multitud vibraba con anticipación por la última película de gran éxito. Sin que ellos lo supieran, los aparentemente serviciales empleados del teatro que los guiaban a sus asientos y vendían bocadillos eran agentes encubiertos.

A medida que las luces se apagaban y los créditos iniciales, la tensión llenaba el aire. El público, una mezcla de cinéfilos ansiosos y críticos escépticos, se acomodó en sus asientos.

Mientras tanto, Michael se impacientaba dentro del abarrotado teatro, inquieto en su asiento. Abrió una bolsa de palomitas de maíz con mantequilla y se metió apresuradamente un puñado en la boca.

A los diez minutos de comenzar la película, los detectives sentados en el Teatro 6 llamaron discretamente para informar: "Michael no está aquí. Nuestro objetivo es que no se presente".

A Jackie le temblaba la mano mientras agarraba con fuerza su teléfono móvil. "Equipo B, esta es Jackie. Necesito que te acerques al coche de Nancy inmediatamente. Tengo que hablar con ella".

Los detectives en el auto sin identificación intercambiaron miradas preocupadas.

—Copia eso, Jackie. Estamos en ello. —Se acercaron y se detuvieron junto al vehículo de Nancy.

Para su asombro, descubrieron que no era Nancy la que estaba al volante, sino su hermana menor, que tenía un parecido sorprendente con ella. El pánico se apoderó de sus pechos.

—Esta no es Nancy, —le informaron los detectives a Jackie sin aliento—. ¡Nos han traicionado!

La tensión creció a medida que pasaban los créditos iniciales, y Micheal se retorció en su asiento, sintiendo que algo andaba mal. Su mirada se movió a su alrededor, en busca de cualquier señal de problemas. De repente, una voz le susurró al oído: "Ni siquiera lo pienses, Michael". Se dio la vuelta para encontrar a Nancy, su esposa, disfrazada de una inocente cinéfila.

Michael habla con firmeza y en voz baja: "Nancy, ¿dónde están los niños, te has vuelto loca? ¡Vas a llevar a los federales hasta mí y hacer que me atrapen!", gritó. Nancy responde: "Los federales se acercaron a mí y me mostraron pruebas de que estás engañando, bastardo. Con rabia, les dije cómo encontrarte, cómo te comunicas con los niños".

Nancy hizo una pausa y el peso de sus acciones se hundió.

—Pero no pude seguir adelante, Michael. Eres el padre de mis hijos, y lastimarte solo amplificaría su dolor si te atrapan e irás a prisión.

La cruda realidad golpeó a Nancy como una tonelada de ladrillos. En un momento de desesperación, había contemplado acciones impensables: dañar al hombre que una vez había amado, el hombre que le había dado dos hermosos hijos a quienes apreciaba por encima de todo.

La expresión de Nancy se suavizó, la vulnerabilidad se apoderó de ella. "Y por si sirve de algo, Michael, todavía tengo sentimientos por ti. Siempre te amaré, pase lo que pase. No como tu esposa, porque me traicionaste, sino como la madre de nuestros hijos. Y estoy aquí para advertirles: salgan de Miami. Están bajando con fuerza y están decididos a encontrarte".

Las palabras de Nancy lo tomaron desprevenido. Después de todos estos años, la emoción cruda detrás de ellos era inconfundible. Michael desvió la mirada, agobiado por el peso de sus errores pasados.

—Nunca quise herirte, Nancy. Tienes que creerlo, —dijo, con voz baja y gruesa de arrepentimiento.

Nancy negó con la cabeza, con lágrimas en los ojos. "Dejé que mis celos se apoderaran de mí en lugar de solo hablarte. Lo siento mucho". Mientras se alejaba, llorando, sus únicas palabras fueron una súplica para que tuviera cuidado.

Mientras tanto, Jackie se puso en contacto con su equipo de respaldo C, que había estado siguiendo a un segundo coche que salía del garaje de Nancy poco después de que Nancy supuestamente se había ido. El equipo respondió: "En este momento, estamos estacionados afuera de un centro comercial cerca del centro de Miami. Solo hay una forma de entrar y una de salir del estacionamiento: la tenemos cubierta. No seguimos al sospechoso dentro del garaje, así que no vimos quién conducía".

Julian Pratt intervino: "Chicos, tengo una pregunta: ¿ese centro comercial tiene un teatro?"

Los detectives confirmaron: "Sí, hay un teatro en ese centro comercial".

Jackie respiró hondo, atando cabos. "Está bien, tenemos un segundo coche que sale de la casa de Nancy poco después de que ella lo hiciera. Y hay un teatro dentro del centro comercial".

Julián exclamó con emoción: "¡Eso es! Necesitamos

enviar todas las unidades a esa ubicación. ¡Ahí es donde está Michael!"

La adrenalina se apoderó de Jackie cuando sintió un estremecimiento de emoción.

—¡Sí, señor! Esto es todo, finalmente vamos a detener a ese escurridizo criminal de una vez por todas. —Jackie se volvió hacia Julián, con una sonrisa triunfal en su rostro.

Cuando Julián y Jackie entraron en el estacionamiento, pudieron ver unidades de respaldo rodeando el centro comercial, con algunos agentes dirigiéndose hacia la entrada del teatro.

—Está bien, vamos a hacer esto —dijo Jackie, con la voz entrecortada por la determinación.

Julian y Jackie salieron rápidamente de su vehículo, con las armas desenfundadas, y se unieron al creciente contingente de agentes y policías de Miami Dade mientras se dirigían al abarrotado centro comercial. El corazón de Jackie se aceleraba con anticipación. Después de meses de perseguir a Michael, finalmente estaban a punto de detenerlo.

Al llegar a las puertas principales del teatro, se desplegaron por toda la zona para barrerla. Los ojos de Jackie escudriñaron a los compradores y cinéfilos aterrorizados, en busca de cualquier señal de su objetivo. La atmósfera caótica, llena de gritos y conmoción, intensificó la tensión en el aire.

Finalmente, Michael emergió de la multitud justo cuando todos intentaban salir del teatro. Él estaba justo ahí, justo frente a ellos.

—¡Ahí está! —gritó Julián, y comenzó la persecución. Jackie corrió detrás del sospechoso, con los pulmones ardiendo y todos los músculos tensos. Este fue el clímax de su larga persecución.

A medida que se acercaban, Michael trató desesperadamente de liberarse, abriéndose paso a codazos y empujones a través de los transeúntes aterrorizados. Sin embargo, Jackie y Julián se mantuvieron implacables, impulsados por un inquebrantable sentido de la justicia.

Michael podía sentir la adrenalina corriendo por sus venas mientras corría entre los espectadores, con el corazón latiendo en sus oídos. Sabía que tenía que escapar. La policía se estaba acercando, y esta era su última oportunidad.

Pero Jackie y Julián, detectives experimentados, nunca perdieron de vista a su objetivo. Con un enfoque láser, se abrieron paso entre la multitud, gritando órdenes, decididos a detener a Michael a toda costa.

En un dramático enfrentamiento final, derribaron a Michael Cruz al suelo, esposándolo rápidamente mientras maldecía y luchaba bajo su peso. A pesar de sus golpes y patadas, no pudo escapar de las garras de los detectives.

Mientras lo levantaban, Michael miró a sus captores, con una mezcla de rabia y derrota evidente en sus ojos. Jackie y Julián se mantuvieron firmes, inquebrantables. Finalmente, se hizo justicia, lo que habían buscado.

El corazón de Nancy se aceleró mientras observaba la escena que se desarrollaba ante ella. Michael, su esposo desde hace quince años, estaba siendo retenido por Jackie y Julián, dos oficiales a los que había avisado. La gravedad de sus acciones la golpeó como un puñetazo en el estómago.

—¿Qué he hecho? —susurró ella, con voz temblorosa. Cuando los oficiales comenzaron a llevarse a Michael, la culpa y el arrepentimiento de Nancy estallaron en acción. Corrió hacia ellos, con el rostro contorsionado por la angustia.

—¡Jackie, detente! ¡Todo esto está mal! —exclamó Nancy, con la voz quebrada—. Jackie la miró con confusión, todavía agarrando con fuerza el brazo izquierdo de Michael.

—Nancy, ¿de qué estás hablando? Esta fue tu idea. —Los ojos de Nancy se cruzaron con los de Michael. Su rostro, por lo general tan cálido y amoroso, era ahora una máscara de traición e incredulidad.

—¿Tú? —murmuró en silencio, el dolor en sus ojos perforando el alma de Nancy—. Lo siento, Michael. Lo siento mucho —sollozó Nancy, extendiendo la mano para tocarlo—. Me equivoqué. Todo esto es culpa mía.

Michael retrocedió ante su toque, su expresión se endureció.

—Llame a mi abogado —dijo con frialdad, sin apartar la mirada del rostro de Nancy. Julián, todavía sosteniendo el brazo derecho de Michael, miró entre la pareja, claramente incómodo.

—Señora, tenemos que proceder con el arresto. Puedes resolver esto más tarde. —El remordimiento de Nancy se convirtió rápidamente en ira: consigo misma, con la situación, con los oficiales.

—¡No lo entiendes!, —le gritó a Jackie—. ¡Esto es un error! Me equivoqué al llamarte. ¡Déjalo ir! —Pero Jackie negó con la cabeza con firmeza.

—Lo siento, Nancy, pero esto no funciona así. Tenemos que seguir adelante ahora. —Cuando comenzaron a llevarse a Michael, las maldiciones de Nancy llenaron el aire, condenando sus propias acciones y a los oficiales por seguir adelante.

Su mundo se estaba desmoronando a su alrededor, y sabía que con cada paso que daba Michael, su relación se estaba desmoronando, todo debido a su decisión equivocada. Lo último que Nancy vio fue la espalda de Michael mientras se lo llevaban, dejándola sola con la dura realidad de lo que había hecho y el futuro incierto que le esperaba.

Lo habían logrado: el cerebro criminal finalmente estaría

tras las rejas, gracias a la determinación inquebrantable de Julián Pratt, Jackie Ortiz y el grupo de trabajo de Miami. Una oleada de orgullo se apoderó de ellos, sabiendo que su arduo trabajo y dedicación habían dado sus frutos al final.

Julián Pratt y Jackie Ortiz intercambiaron una mirada triunfal mientras escoltaban a Mike, el notorio cerebro criminal, al centro de detención federal. La implacable persecución del grupo de trabajo de Miami finalmente había dado sus frutos, y el criminal más escurridizo de la ciudad estaba bajo custodia.

Mientras conducían a Michael Cruz a través de los austeros pasillos, Jackie no pudo evitar sentir una oleada de orgullo. Meses de noches de insomnio, papeleo interminable y peligrosas operaciones encubiertas habían culminado en este momento. Observó la expresión estoica de Michael, preguntándose qué estaba pasando detrás de esos ojos fríos y calculadores.

Julián dirigió a Michael a la estación de toma de huellas dactilares, su mano agarrando firmemente el hombro del criminal.

—Vamos a por esas huellas, Michael —dijo, incapaz de ocultar una pizca de satisfacción en su voz—. Michael permaneció en silencio, su rostro era una máscara sin emociones.

El proceso de toma de huellas dactilares fue rápido y

eficiente, pero el silencio continuo de Michael comenzó a poner nerviosos a los oficiales. Esperaban regodeo, amenazas o, al menos, alguna muestra de emoción. En cambio, fueron recibidos con una calma espeluznante.

En la sala de interrogatorios, Julián y Jackie se sentaron frente a Michael. Las luces fluorescentes proyectan sombras duras, enfatizando la tensión en el aire. Julián se inclinó hacia delante, con voz firme.

—Muy bien, Michael. Te tenemos muerto a la derecha. ¿Por qué no te lo pones más fácil a ti mismo y empiezas a hablar?

Los ojos de Michael parpadearon entre los dos oficiales, pero sus labios permanecieron sellados. Jackie intentó un enfoque diferente, su tono era casi conversacional. "Tuviste una buena carrera, Michael. Pero ya se acabó. ¿No quieres explicar cómo lograste evadirnos durante tanto tiempo?"

Aun así, Michael se negó a pronunciar una palabra. El silencio se extendió, volviéndose casi tangible. La frustración de Julián comenzó a mostrarse cuando golpeó la mesa con la mano.

—¡Vamos, Mike! Ahora no tienes nada que perder. ¡Cuéntanos sobre tu operación!

Pasaron las horas y el silencio resuelto de Michael persistió. Julián y Jackie pasaron por varias técnicas de interrogatorio, pero nada pudo romper la fachada impenetrable del criminal. Al salir de la habitación, exhaustos y perplejos, un pensamiento inquietante se deslizó en sus mentes: ¿realmente habían ganado, o todo esto era parte del gran plan de Michael? El grupo de trabajo de Miami había capturado a su objetivo, pero mientras observaban cómo llevaban a Mike a su celda, no podían quitarse de encima la sensación de que esto estaba lejos de terminar. El verdadero reto, al parecer, no había hecho más que empezar.

Nancy Cruz se puso en contacto con la abogada de Michael, Lesly Sheridan, una mujer caucásica de 5' 9" de unos cincuenta años. Al recibir la llamada, Sheridan se puso rápidamente su traje negro, que había sido meticulosamente colocado sobre la silla de su oficina. Con un sentido de urgencia, se dirigió al centro de detención de Miami para reunirse con Michael y determinar las circunstancias que rodearon su arresto.

A su llegada, Sheridan fue escoltada a una sala de consulta privada donde la esperaba Michael Cruz. Las luces proyectaban sombras duras sobre su rostro preocupado cuando ella entró. Sheridan no perdió tiempo en abordar el asunto en cuestión.

—Michael, necesito que me proporciones un relato detallado de los cargos en tu contra, —afirmó, con un tono profesional y concentrado.

Michael, visiblemente angustiado, comenzó a explicar la situación.

—Me están acusando de fraude sanitario, Lesly. También hay otros cargos, pero ese es el principal.

Sheridan frunció el ceño mientras procesaba esta información. Procedió a hacer una serie de preguntas directas, tratando de comprender el alcance total de las acusaciones y las pruebas que la fiscalía podría poseer.

A medida que Michael entraba en más detalles, Sheridan tomaba notas diligentemente, su mente ya formulaba posibles estrategias de defensa. La gravedad de la situación se hizo cada vez más evidente a medida que avanzaba su conversación.

—El fraude sanitario es una acusación grave, Michael —comentó Sheridan, con voz mesurada—. Necesitamos abordar esto metódicamente y recopilar toda la información relevante. Necesitaré que me cuentes cada detalle, por insignificante que parezca.

La consulta continuó durante varias horas, con Sheridan documentando meticulosamente el relato de Michael de los acontecimientos. A medida que su reunión llegaba a su fin, ella le aseguró su compromiso con su caso.

—Empezaré a trabajar en tu expediente de inmediato —dijo Sheridan, recogiendo sus notas—. Mientras tanto, no discutas este caso con nadie más que conmigo. Programaremos otra reunión después de su audiencia de fianza para revisar los cargos formales.

Cuando Sheridan salió del centro de detención, su mente ya estaba acelerada con las complejidades del caso que tenía ante sí. Los cargos de fraude de atención médica presentaron un desafío significativo, uno que requeriría toda su pericia y experiencia legal para navegar.

De vuelta en su oficina, Sheridan inmediatamente comenzó a investigar casos similares y a preparar la documentación necesaria. Ella llenó meticulosamente la documentación requerida para representar a Michael Cruz, asegurándose de que cada detalle fuera preciso y completo.

Mientras tanto, la noticia de la caída de Michael Cruz se extendió por los bajos fondos de Miami como un incendio forestal. Gabriel y otro miembro de alto rango del sindicato de Miami escucharon mientras las calles zumbaban con susurros y miradas cómplices, un testimonio del adagio de que las malas noticias viajan a la velocidad de la luz.

En el mundo del crimen organizado, la caída de un titán siempre fue un espectáculo. Aliados y enemigos por igual observaban con la respiración contenida, esperando el inevitable momento en que lo aparentemente invencible se desmoronaría. Michael Cruz había estado en la cima del poder, pero como todos en sus círculos sabían, tales posiciones eran inherentemente vulnerables.

Gabriel, siempre pragmático, no perdió tiempo en convocar una reunión con Raphael. Su principal preocupación era la esposa y los hijos de Michael. Nancy era un cabo suelto que había que atar de forma ordenada y rápida. En su línea de trabajo, la lealtad era un bien escaso, pero existía en bolsillos, a menudo manifestándose de maneras inesperadas.

Durante la reunión, Gabriel expuso sus planes con fría eficiencia. "Tenemos que asegurarnos de que la señora Cruz sea atendida", afirmó, con un tono que no admitía discusión. "Su estilo de vida debe permanecer sin cambios. La casa, el coche, todos los gastos, todo se queda como está".

Raphael asintió con la cabeza. "El dinero no es un problema", añadió, comprendiendo las implicaciones de tal generosidad. No se trataba simplemente de lealtad a un camarada caído, fue una inversión en silencio y lealtad continua.

A medida que ultimaban los detalles de su acuerdo, Gabriel era muy consciente de la fragilidad de sus posiciones. Hoy, fueron ellos los que extendieron una red de seguridad. Mañana, podrían ser ellos los que necesiten tal consideración.

A la mañana siguiente, la abogada de Michael Cruz, Lesly Sheridan, llegó temprano al juzgado, con su maletín lleno de argumentos cuidadosamente preparados para la audiencia de fianza. Se reunió brevemente con su cliente, reiterando la importancia de permanecer en silencio sobre el caso y seguir su ejemplo durante el procedimiento.

Durante la audiencia, la abogada de Michael Cruz, Lesly Sheridan, presentó un caso convincente para la liberación bajo fianza de su cliente, destacando sus lazos con la comunidad y la falta de antecedentes penales. El juez escuchó atentamente, sopesando los argumentos tanto de la defensa como de la acusación.

El juez Robertson respondió a la petición de fianza de Michael. Miró directamente a los ojos de Michael debido a la naturaleza del crimen. "Michael Cruz, debería darle una fianza, pero debido a las acciones iniciales del Sr. Cruz para huir de la justicia, tendré que negar su fianza en estas circunstancias".

Al concluir la audiencia, Sheridan programó una reunión de seguimiento con su cliente para discutir los cargos formales que se presentaban en su contra y comenzar a construir su estrategia de defensa.

Un par de días después, Lesly Sheridan estaba sentada en su escritorio, con el ceño fruncido mientras revisaba una montaña de documentos. Su corazón se aceleró mientras descubría una prueba condenatoria tras otra: los registros financieros, las imágenes de vigilancia y las declaraciones de los testigos apuntaban a la participación de Michael en una compleja red de fraude y malversación de fondos.

A medida que profundizaba en la evidencia, un repentino timbre de su teléfono la sobresaltó, rompiendo el silencio. El identificador de llamadas mostraba "U.S. Attorney Alice

Harper". El corazón de Lesly se aceleró mientras respondía, sabiendo que esta llamada podría tener un impacto significativo en el caso de alto perfil de Michael.

—Lesly, tenemos que hablar —dijo Alice Harper con voz grave.

Acordaron reunirse en un café cercano. Cuando Lesly entró, vio a Alice Harper ya sentada, con el rostro marcado por la determinación. Se armó de valor para lo que estaba por venir.

—Voy al grano —empezó Alice Harper, inclinándose hacia delante—. Tenemos a los coacusados de Michael hablando. Están testificando ante un gran jurado mientras hablamos.

A Lesly Sheridan se le atascó el aliento en la garganta. "¿Cuántos?", alcanzó a preguntar.

—Tres —respondió Harper, con los ojos fijos en los suyos—. Y no solo están hablando con el gran jurado. Están preparados para subir al estrado en audiencia pública.

La mente de Sheridan se aceleró, imaginando el impacto de tal testimonio. Casi podía oír los jadeos del jurado, ver cómo sus rostros se contorsionaban por la conmoción y el disgusto.

—¿Qué dicen? —preguntó, su voz apenas por encima de un susurro.

La expresión de Alice Harper se suavizó ligeramente.

—Lesly, es malo. Están pintando una imagen de Michael como el cerebro detrás de todo. Cada detalle, cada transacción, lo están poniendo todo a sus pies".

Lesly Sheridan sintió una oleada de emoción: ira hacia Michael por haberla puesto en esa posición, miedo por su futuro y una feroz determinación de hacer su trabajo a pesar de las adversidades.

—No dejaré que caiga sin luchar, —declaró, con voz fuerte e inquebrantable.

Harper asintió, con respeto evidente en sus ojos.

—No esperaría menos de ti, Lesly. Pero hay que prepararlo. Esto no va a ser fácil.

A medida que se separaban, la mente de Lesly ya estaba formulando estrategias, buscando cualquier debilidad en el caso de la fiscalía. Sabía que la batalla que se avecinaba sería agotadora, pero el fuego en su vientre solo se hizo más fuerte.

Al regresar a su oficina, la pasión de Lesly Sheridan por la justicia, por la ley y su deber como defensora de Michael brillaba más que nunca. No importaba cuán condenatorias fueran las pruebas, no importaba cuántos testigos se alinearan en su contra, ella lucharía con cada fibra de su ser para asegurarse de que Michael Cruz recibiera un juicio justo. Pero ella no sabía que su conversación no había terminado.

Lesly recibió una llamada del fiscal federal Harper el día después de su conversación inicial. Harper comenzó preguntando a Lesly qué pensaba de su conversación anterior, pasando inmediatamente al propósito principal de la llamada: proponer un acuerdo de culpabilidad para el cliente de Lesly, Michael.

El fiscal sugirió que Michael podría evitar el juicio aceptando un acuerdo de culpabilidad. Sin embargo, Harper fue un paso más allá, insinuando un acuerdo potencialmente más favorable si Michael accedía a testificar. Harper hizo referencia al testimonio del Gran Jurado, lo que implica que Michael poseía información crítica que podría afectar significativamente el caso.

La declaración de Harper, "él sabe de lo que estoy hablando", sugirió un entendimiento compartido entre el fiscal y Michael sobre el alcance y la importancia de este posible testimonio. Este comentario críptico despertó el interés de Lesly y planteó preguntas sobre lo que Michael podría no haber revelado a su abogado.

El Fiscal de los Estados Unidos describió la oferta como un "buen trato", enfatizando su atractivo. Esta proposición puso a Lesly en una posición desafiante, equilibrando los beneficios potenciales para su cliente con las consideraciones éticas de alentar el testimonio.

Al concluir la llamada, Lesly se quedó contemplando las implicaciones de esta oferta. Tuvo que considerar cómo acercarse a Michael con esta información, sopesando los pros y los contras de aceptar el trato en lugar de proceder a juicio. La situación planteó preguntas complejas sobre la lealtad, la justicia y las complejidades del sistema legal.

Lesly, la abogada defensora de Michael Cruz, llegó al centro de detención para encontrarse con su cliente, Michael. La estéril sala de visitas resonaba con el peso de su inminente discusión.

—Michael —comenzó Lesly, con un tono mesurado y profesional—, he revisado tu caso exhaustivamente. La fiscalía ha acumulado pruebas abrumadoras en su contra.

Michael se removió incómodo en su asiento, sus ojos recorrieron la habitación.

Lesly continuó: "Creo que lo mejor para usted es considerar un acuerdo de culpabilidad. La fiscalía ofrece uno, lo que sugiere que quieren algo de ti. ¿Hay alguna información que me hayas ocultado?"

Michael apretó la mandíbula. —No —dijo con firmeza—. Quiero llevar esto a los tribunales. Tienes que sacarme de esto.

Lesly se inclinó hacia delante, con expresión grave. "Michael, debo ser clara. Tus posibilidades de ganar en el juicio son extremadamente escasas. Las pruebas son sustanciales".

—No me importa —replicó Michael—. No voy a aceptar una declaración de culpabilidad.

—Comprendo tu reticencia —replicó Lesly con voz firme—. Sin embargo, le insto a que lo reconsidere. El acuerdo que está actualmente sobre la mesa puede ser el mejor resultado que podemos esperar.

Hizo una pausa, permitiendo que sus palabras se hundieran.

—Antes de nuestra próxima cita en la corte, necesito que piense largo y tendido sobre esta decisión. No se trata solo de culpabilidad o inocencia; se trata de minimizar las posibles consecuencias".

Michael permaneció en silencio, su rostro era una máscara de determinación.

—Recuerde —concluyó Lesly—, una vez que procedemos al juicio, ese trato desaparece. La fiscalía no lo volverá a ofrecer. Esta decisión tendrá un impacto significativo en tu futuro, Michael. Por favor, considéralo seriamente.

Mientras Lesly reunía sus documentos, el peso de la decisión de Michael flotaba pesadamente en el aire, dejando tanto al abogado como al cliente contemplando el camino incierto que tenían por delante.

Mientras tanto, Gabriel, desde su remoto punto de vista, observaba meticulosamente la situación que se desarrollaba. Reconociendo la necesidad de discreción, envió a Raphael a reunirse con Nancy Cruz. La misión de Raphael era doble: proporcionar apoyo financiero y recopilar información sobre el progreso del caso.

Gabriel, en su sabiduría, comprendió el inmenso poder del dinero. Si bien no garantizaba el silencio, ciertamente complicó los procesos de toma de decisiones. Reflexionó sobre la naturaleza de los secretos, reconociendo que la verdadera confidencialidad sólo existía cuando la información se limitaba a una sola persona. En el momento en que una segunda persona lo supo, la integridad del secreto se vio comprometida.

En su conferencia semanal programada, Raphael informó a Gabriel sobre los desarrollos recientes. Reveló una información crítica: Michael estaba a punto de aceptar un acuerdo con la fiscalía. Sin embargo, Raphael le aseguró a Gabriel que la lealtad de Michael seguía siendo inquebrantable. A pesar de enfrentar consecuencias legales, Michael se negó rotundamente a divulgar cualquier información que pudiera implicar a otros.

Raphael concluyó su informe con una declaración tranquilizadora, subrayando el vínculo duradero entre su orden fraterna: "No os preocupéis", afirmó, "hermanos para toda la vida". Esta declaración subrayó la solidaridad inquebrantable dentro de su organización, incluso frente a los desafíos legales.

Al concluir la reunión, Gabriel contempló las complejidades de su situación. Reconoció el delicado equilibrio entre mantener el secreto y navegar por el sistema legal, al tiempo que preservaba la lealtad que unía a su hermandad, el Sindicato de Miami (PMC).

Habían pasado semanas y por fin había llegado la fecha prevista para el juicio. Leslie se encontró en una reunión privada con Michael en una habitación trasera aislada del juzgado. El aire estaba cargado de tensión, pero estaban preparados para enfrentar lo que fuera que les deparara el día. Era el momento de la verdad, la culminación de todas las ansiedades y preparativos de las semanas anteriores.

Leslie caminaba por la trastienda, con los tacones chocando contra el frío suelo de baldosas. Michael estaba sentado en una silla, su rostro era una máscara de obstinada determinación.

—Michael, por favor —comenzó Leslie, con la voz teñida de frustración—. Necesito que lo reconsidere. Su testimonio es crucial.

Michael negó con la cabeza con firmeza. —Ya te lo he dicho antes, Leslie. No voy a testificar. Eso es definitivo.

Leslie se pasó los dedos por el pelo, exasperada. —Entiendo que tengas miedo, pero...

—No —interrumpió Michael—. No lo entiendes. No lo haré.

—Michael, escúchame —dijo Leslie, con un tono cada vez más insistente—. Si quiere llevar esto a juicio, lo haremos. Pero necesito que pienses en lo que eso significa.

Ella se arrodilló a su lado, forzando el contacto visual. "Considere esto cuidadosamente. Por ti, por tu familia. Testificar podría hacer que esto sea mucho más fácil para todos los involucrados".

Michael apretó la mandíbula. "He tomado mi decisión".

Leslie se puso de pie, suspirando profundamente. "Muy bien. Si esa es su elección, procederemos a la prueba. Pero recuerda, te lo advertí. Esto no será fácil".

Cuando se dio la vuelta para irse, Leslie se detuvo en la puerta.

—Piénsalo, Michael. Todavía estás a tiempo de cambiar de opinión y hacer que esto sea más fácil para ti mismo.

Con esas palabras flotando en el aire, Leslie se fue, dejando a Michael solo con sus pensamientos y el peso de su decisión.

Michael Cruz estaba sentado en la celda de detención, con la mente acelerada por el peso de la recomendación de su abogada. El frío y duro banco debajo de él no le ofrecía ningún consuelo mientras luchaba con las implicaciones de lo que le esperaba.

Sus ojos se fijaron en el reloj de la pared. Habían pasado diez minutos insoportables, cada segundo se sentía como una eternidad. Su respiración se atascó en su garganta mientras el sonido de pasos que se acercaban resonaba en el pasillo, haciéndose más fuerte con cada momento que pasaba.

Los guardias de seguridad del juzgado aparecieron en la puerta de su celda, con sus rostros impasibles. El estómago de Michael se revolvió violentamente, una oleada de náuseas amenazaba con abrumarlo. Tenía las manos frías al abrir la celda. El ruido metálico de la puerta vibró a través de sus huesos.

Mientras lo escoltaban, las piernas de Michael se sentían como de plomo. Cada paso adelante era un esfuerzo monumental. Su cuerpo le gritaba que se volviera, que corriera, que se escondiera. Pero no había ningún lugar a donde ir, no había escapatoria de lo que se avecinaba.

Al entrar en la sala del tribunal, los ojos de Michael recorrieron los rostros familiares. Su familia y amigos se sentaron en la galería, con una mezcla de preocupación y apoyo. Al verlos, se le apretó la garganta de emoción.

Su mirada se posó entonces sobre los detectives, y sus rostros severos eran un duro recordatorio de por qué estaba allí. Lo que debería haber sido un rápido paseo hasta su asiento se sintió como una eternidad. El tiempo parecía ralentizarse, cada paso resonaba con fuerza en sus oídos.

Cuando finalmente llegó a la mesa de la defensa, Michael agarró su filo, sus nudillos se volvieron blancos. Se sentó en la silla, la madera maciza ofrecía poca estabilidad a su cuerpo tembloroso. Frente a él, su abogada tenía una expresión sombría, reafirmando en silencio la gravedad de su conversación anterior.

Los susurros silenciosos de la sala del tribunal se desvanecieron en el fondo mientras el corazón de Michael latía con fuerza en sus oídos. La decisión que tenía ante sí se cernía sobre él, amenazando con aplastarlo bajo su peso. Se sentía como si estuviera bajo el agua, luchando por respirar, la presión del momento lo asfixiaba.

La mente de Michael se apresuró a analizar los posibles resultados, cada uno más desalentador que el anterior. La opción que le había presentado su abogada parecía imposible, pero inevitable. Cuando el juez entró en la sala y el alguacil llamó a todos para que se levantaran, Michael permaneció inmóvil, agarrado a la mesa, con su futuro pendiendo precariamente de un hilo.

Leslie observó atentamente a Michael, con el corazón acelerado a medida que la gravedad del momento se asentaba sobre ellos. El silencio opresivo de la sala del tribunal parecía amplificar cada respiración, cada agitación nerviosa.

—¿Doce años? —repitió Michael, con la voz apenas por encima de un susurro—. Eso es... toda una vida. —Sus ojos, antes brillantes de esperanza, ahora embotados por el peso de su inminente decisión.

El abogado de Michael se inclinó, con el rostro marcado por la preocupación. "Entiendo que es mucho para asimilar. Pero la alternativa podría ser aún peor: veinte o treinta años si perdemos este juicio. Y las probabilidades son solo 50/50 en el mejor de los casos".

A Leslie se le revolvió el estómago mientras observaba la lucha interna de Michael. Sus manos temblaron levemente mientras se las pasaba por el cabello, un gesto que había visto innumerables veces antes, pero nunca con tanta desesperación.

El reloj de la pared avanzaba sin piedad, cada segundo los acercaba más al punto de no retorno. Leslie anhelaba tender la mano, ofrecer algo de consuelo, pero permanecía anclada en su lugar, paralizada por la enormidad de lo que estaba en juego.

La mirada de Michael se movió entre su abogada Leslie, buscando respuestas, tranquilidad, cualquier cosa que facilitara esta decisión. Pero no había nada que nadie pudiera decir para suavizar el golpe de lo que se avecinaba.

Cuando el fiscal se acercó, con un portapapeles en la mano, Leslie sintió que una oleada de náuseas la inundaba.

Esto fue todo. El momento que definiría el futuro de Michael y, por extensión, el de ella.

Michael respiró hondo y tembloroso. "Yo... Necesito pensar", tartamudeó, con la voz quebrada por la presión.

El corazón de Leslie se hundió al darse cuenta de que incluso ahora, en el último momento, Michael todavía estaba desgarrado. La incertidumbre de todo esto -la posibilidad de una condena más larga, el riesgo de un juicio- se cernía sobre ellos como una nube oscura.

Leslie se alisó nerviosamente la falda mientras colocaba los documentos del acuerdo de culpabilidad sobre la mesa. Sus manos temblaban ligeramente, delatando su preocupación por su cliente.

—Última oportunidad, Mike -dijo en voz baja, con la voz entrecortada por la aprensión.

Los ojos de Michael recorrieron los papeles, su rostro era una máscara de creciente pavor. El peso de su futuro potencial lo oprimía, asfixiante e ineludible. Diez años tras las rejas, la idea le revolvía el estómago.

—Tus coacusados —continuó Leslie, con voz apenas superior a un susurro—, se están volviendo contra ti, Michael. Están dispuestos a testificar. —Tragó saliva, su preocupación era evidente en cada palabra—. La fiscalía... Tienen un caso sólido. Me temo que esta podría ser nuestra única forma de minimizar las consecuencias.

Los dedos de Michael recorrieron el borde de los documentos, con la mente acelerada. El silencio en la habitación se volvió espeso y opresivo. Leslie lo observó, con el ceño fruncido por la preocupación, mientras la gravedad de la situación se apoderaba de ambos.

—No quiero presionarte —añadió Leslie, con la voz ligeramente quebrada—, pero se nos está acabando el tiempo. La oferta vence ahora no tenemos más tiempo. —Echó un vistazo a su reloj, su ansiedad aumentaba con cada segundo que pasaba.

Michael se echó hacia atrás y se pasó las manos por el pelo. La enormidad de la decisión que tenía ante sí era abrumadora. Libertad o una década perdida, parecía que no había una buena opción.

La mirada de Michael se posó en los documentos desplegados ante él. El acuerdo de culpabilidad le devolvió la mirada, sus términos duros e implacables. Una década en prisión a cambio de su libertad.

"Algunos de sus coacusados están dispuestos a testificar en su contra", continuó la abogada de Michael. "La fiscalía tiene un caso sólido. Esta es la mejor opción para minimizar el daño".

La mandíbula de Michael se tensó mientras contemplaba la elección imposible. Por un lado, la posibilidad de pelear y potencialmente limpiar su nombre. Por el otro, la garantía de más de una década tras las rejas. Cada resultado lo llenaba de una sensación de pavor.

Después de un largo y agonizante silencio, Michael finalmente habló. "Está bien. Hagámoslo". Tragó saliva y se armó de valor. "Solo quiero que esto termine de una vez, pero no me voy a convertir, nunca testificaré contra mi equipo".

La abogada de Michael le dirigió una mirada comprensiva, que ya estaba redactando la documentación. "Sé que esto no es fácil, Michael. Pero es la mejor manera de avanzar".

A medida que la pluma de la abogada de Michael arañaba los documentos, sintió una profunda sensación de pérdida. Doce años de su vida estaban a punto de desvanecerse. Era un precio muy alto, pero estaba dispuesto a aceptar para evitar una condena aún más dura. Con una profunda respiración, se resignó al trato, con la esperanza de que algún día saldría de esta prueba como un hombre libre una vez más.

Julián y Jackie no pudieron contener su emoción mientras salían corriendo del juzgado, con los puños en alto. El fiscal de los Estados Unidos acababa de anunciar que había asegurado una condena contra Michael, el notorio líder del Sindicato de Miami.

—¡Lo logramos, Jackie! ¡Derribamos esa bola de baba para siempre! —exclamó Julián, abrazando a Jackie en señal de celebración. Julián miró a los ojos de Jackie y susurró—: Tenemos a nuestro hombre. Pero para mí, mi próxima batalla es ganar tu corazón. No he olvidado nuestro momento en Cancún.

Cuando la fiscal federal Harper salió de la sala del tribunal, su rostro se grabó con preocupación mientras se acercaba a Julián y Jackie. El peso de su descubrimiento parecía pesar sobre sus hombros.

—Me temo que tengo noticias preocupantes —empezó Harper, con voz baja y tensa—. Los coacusados de Michael han estado testificando, y lo que estamos descubriendo es... bueno, es profundamente inquietante.

Julián y Jackie intercambiaron miradas preocupadas mientras Harper continuaba, sus palabras pintando una imagen de una vasta red criminal mucho más extensa de lo que habían imaginado.

"El PMC, el 'Equipo de Manipulación de Productos', no es solo una operación de poca monta. Lo que hemos descubierto hasta ahora es solo la punta del iceberg", explicó Harper, con el ceño fruncido. "Michael puede haber sido la cara pública que todos reconocimos, pero hay alguien más... Alguien en las sombras moviendo todos los hilos".

A Jackie le tembló la mano mientras agarraba el brazo de Julián. "¿Qué estás diciendo exactamente?" preguntó ella, su voz apenas superaba un susurro.

Harper miró a su alrededor nerviosamente antes de acercarse más. "Creemos que hay un cerebro detrás de todo esto. Alguien que ha logrado mantenerse completamente fuera de nuestro radar hasta ahora. ¿Y lo peor? La PMC sigue ahí, sigue activa, sigue ejerciendo una influencia significativa".

El rostro de Julián palideció. "Pero pensé que con el arresto de Michael..."

—Todos lo hicimos —interrumpió Harper, negando con la cabeza—. Pero esto va más allá de lo que jamás imaginamos. El PMC, el 'Equipo de Manipulación de Productos', no es solo una operación de poca monta. Lo que hemos descubierto hasta ahora es solo la punta del iceberg, —explicó Harper, con el ceño fruncido—. Michael puede haber sido la cara que todos reconocimos, pero hay alguien más... Alguien en las sombras moviendo todos los hilos.

El coacusado de Michael y el informe del que hablan. Alguien con quien Michael hablaría por un teléfono celular clonado para tomar una decisión final: siempre haría esa llamada telefónica. Michael nunca usó su nombre, siempre un alias. Llamándolo su hermano, a menudo se refería a él como un playboy debido a su estilo de vida de bien, dinero, mujeres y poder.

A medida que la gravedad de la situación se iba asentando, un frío temor se apoderó del grupo. La batalla que creían haber ganado estaba lejos de terminar, y el enemigo al que se enfrentaban era más poderoso y escurridizo de lo que jamás habían anticipado.

El teléfono de Harper sonó, rompiendo el silencio.

—Tengo que irme —dijo, sus ojos reflejaban una mezcla de determinación y miedo—. Pero, por favor, ten cuidado. No sabemos hasta dónde se extiende esta red o quién podría estar involucrado.

Mientras Harper se alejaba a toda prisa, Julián y Jackie se quedaron inmóviles, la atmósfera de preocupación a su alrededor se espesaba con cada momento que pasaba. La victoria que habían celebrado ahora se sentía vacía, eclipsada por la amenaza inminente de un adversario invisible que aún estaba en libertad.

Mientras tanto, Gabriel Cortez y Raphael Santos se sentaron juntos, disfrutando de puros cubanos y celebrando con una botella de bourbon. Levantaron sus copas en un brindis por el papel de liderazgo de Raphael en el Sindicato de Miami y su futuro compartido.